RAPPORT

DE LA COMMISSION D'ENQUÊTE

Nommée par arrêté de M. le Préfet du Nord,
le 20 mai 1880,

RELATIVEMENT AUX FAITS DE

VIOLATION DE SÉPULTURE

IMPUTÉS A LA CHARGE DE L'ADMINISTRATION MUNICIPALE
DE TOURCOING.

❦

LILLE,
LILLE, IMPRIMERIE L. DANEL.
1880.

RAPPORT

DE LA COMMISSION D'ENQUÊTE

Nommée par arrêté de M. le Préfet du Nord,
le 20 mai 1880,

RELATIVEMENT AUX FAITS DE

VIOLATION DE SÉPULTURE

IMPUTÉS A LA CHARGE DE L'ADMINISTRATION MUNICIPALE
DE TOURCOING.

MEMBRES DE LA COMMISSION :

MM. MEUREIN, Inspecteur départemental de la salubrité publique, *Président*,
Léon DUCROCQ, Conseiller d'arrondissement, *Rapporteur*,
LEBRAT, Pasteur protestant à Roubaix,
Louis LELOIR, Conseiller municipal à Tourcoing, } *Membres*,
François DERVAUX,   id.   id.   } .

LILLE,
IMPRIMERIE L. DANEL.
—
1880

LK7
22025

RAPPORT

DE LA COMMISSION D'ENQUÊTE.

————

Monsieur le Préfet,

La Commission que vous avez instituée (1) à la demande de la consistoriale de Lille, à l'effet de procéder à une enquête administrative sur l'aliénation du cimetière protestant de la ville de Tourcoing, a l'honneur de vous exposer d'abord l'historique de la question.

————

1re PARTIE. — Historique.

CHAPITRE I. — *Cession d'une partie du cimetière.*

ETAT DU CIMETIÈRE EN 1858. — Le cimetière actuel de Tourcoing a été ouvert en 1858. Dès cette époque, l'espace réservé aux inhumations étant très grand, on autorisa momentanément le fossoyeur concierge à établir un jardin dans la partie A B C D (Voir le croquis N° 1 annexé) pour son usage personnel, et pour y cultiver les plantes ou arbustes

(1) (Pièces justificatives annexées) page 44.

que les familles pourraient lui demander pour placer sur les tombes. Ce terrain devait naturellement retourner au cimetière quand le besoin s'en ferait sentir.

La partie CDEF était affectée aux inhumations, savoir : CEIH des protestants, HDMO des enfants morts sans baptême, OMIF des suicidés.

Toute cette partie ABFE était séparée du cimetière commun par une haie AE, avec une ouverture entre 2 arbres en CL. Il y avait en outre des haies en AB, BF, EF et CD. Enfin le long de la haie ABFE et dans l'intérieur du cimetière régnait un fossé (A).

D'après la déclaration de M. Delreux, ex-directeur du cimetière, devant les membres de la Commission d'enquête, lorsque, après quelques années, l'espace réservé aux enfants devint insuffisant, et lorsqu'on les eût enterrés sur 2 couches superposées, on y consacra une nouvelle bande de terrain CSTD prise sur le jardin cédé momentanément au fossoyeur. On y enterra les enfants sur 6 rangées, et quand cette partie fut remplie, on commença par dessus une nouvelle couche.

Il résulte de pièces officielles (2) (3) (4) que, 10 ans après l'ouverture du cimetière, on avait inhumé dans la partie CDFE ;

1° 6 protestants, dont 2 avec concession.

2° 6 suicidés.

(A) La Commission a d'abord remarqué qu'à l'ouverture de ce cimetière, on ne s'était pas conformé à l'article 15 du décret du 23 prairial an XII, et qu'on avait relégué les protestants dans un coin de terre considéré comme infâmant par l'intolérance cléricale, et réservé par elle à tous ceux qui sont enterrés en dehors de l'église romaine. Car, ni le décret de prairial, ni aucun autre n'établit de distinction entre les suicidés ou enfants morts sans baptême et les autres morts. Le règlement sur le cimetière communal de la ville de Tourcoing ne renferme aucune disposition à cet égard : sans cela, du reste, il n'aurait pas été approuvé par M. le Préfet du Nord en 1858. On voit donc qu'à Tourcoing, le clergé catholique, d'accord avec la municipalité, se considérait comme ayant la police du cimetière communal, contrairement à l'art. 17 du décret du 23 prairia l'an XII.

(2) P. J. page 46.

(3) P. J. page 48.

(4) P. J. page 50.

3° 260 enfants, soit un total de **272.**

Tel était l'état de cette partie du cimetière en 1868.

CE QUE DÉSIRAIT LE PATRONAGE VOISIN DU CIMETIÈRE. — A côté, en N Q R F, se trouvait un patronage de jeunes gens dirigé par des prêtres catholiques. Singulière idée au point de vue de la salubrité que l'établissement de ce patronage auprès d'un cimetière, et violation de l'esprit des art. 1 et 2 du décret de prairial an XII ! Mais l'administration de Tourcoing, peu soucieuse de la santé de ces enfants, avait donné l'autorisation.

Le directeur de ce patronage en 1868 était M. l'abbé Vaast. Cet immense terrain de 3000 mètres ne lui suffit pas. Il y avait dans une autre partie de la ville un patronage plus étendu, et M. l'abbé voulut, lui aussi, avoir un plus grand terrain. Mais comment s'agrandir, surtout avec le moins de frais possible ?

DEMANDE DE M. L'ABBÉ VAAST. — M. l'abbé voyait par dessus la haie N F une partie du cimetière occupée par le jardin du fossoyeur et le cimetière des cultes dissidents. Il eut une tentation : connaissant la complaisance de l'administration municipale à son égard, il écrivit le 12 février 1868 à M. le Maire de Tourcoing pour demander la cession de cette partie du cimetière (5).

La Commission fait remarquer que certains passages de cette lettre se contredisent :

M. l'abbé, après avoir indiqué un motif bien futile pour son agrandissement aux dépens d'un cimetière, c'est-à-dire d'offrir aux jeux des enfants un plus grand espace, commence par dire qu'il ne demande que la partie qui sert de jardin, soit A B T S. Il parle ensuite d'un très curieux calcul fait sur les lieux par les soins obligeants (il pouvait dire complaisants) de M. Maillard, architecte de la ville, lequel trouve que,

(5) P. J. page 51.

depuis dix ans, il n'a été employé de ce terrain qu'environ 26 *mètres par* 272 *inhumations,* soit plus de 10 inhumations par mètre carré. C'est évidemment pour tromper l'Administration. De ce faux calcul il résulte , dit M. l'abbé , qu'en admettant qu'on lui accorde *la partie correspondant* à la propriété du patronage, soit znfe, il resterait pour les inhumations un terrain de 200 mètres , soit abnz.

L'abbé et M. Maillard s'entendent bien. Remarquons, en effet, que M. l'abbé a commencé par dire qu'il ne doit pas être question de déplacer le terrain affecté aux inhumations, par conséquent on doit *continuer à y enterrer.* Ensuite il cherche un autre terrain de 200 mètres pour le remplacer, c'est à dire qu'il entend posséder le terrain réservé aux inhumations passées.

Le fossoyeur-concierge n'avait la jouissance de son jardin que jusqu'au moment où il serait utile pour faire des inhumations : M. l'abbé prévoit une objection. Dans le cas , dit-il, de son autorité privée , où le cimetière serait agrandi, son agrandissement ne prendra pas du côté de l'agglomération (c'est-à-dire du patronage). Et pourquoi pas, puisque la ville y trouverait un terrain sans faire aucun frais ?

Enfin, au point de vue économique, il suffit à M. l'abbé d'avoir ce terrain de 1,200 mètres à titre de location ou à ' *titre gratuit* sans se soucier des intérêts de la ville.

Hésitations de l'Administration. — Après avoir reçu la lettre de M. Vaast, M. le Maire de Tourcoing adresse une demande à M. Delreux, directeur du cimetière (Note 2 citée plus haut) pour avoir le relevé des inhumations dans cette partie du cimetière, ce qui prouve qu'il n'était pas seulement question du jardin du fossoyeur. L'Administration prévoyait des difficultés et des points délicats au sujet de l'annexion qu'en définitive on sollicitait pour toute la bande de terrain correspondant au patronage znfe.

Rapport de l'administration municipale. — Après avoir

été l'objet de démarches de divers côtés, l'Administration se décida à soumettre l'affaire au Conseil municipal (6). Première faute, car son devoir était de répondre par un refus. La Commission d'enquête vous fait remarquer, M. le Préfet, *qu'on continuait toujours les inhumations*, lesquelles se montaient à 276 à cette date du 12 mars, d'après le relevé des livres du cimetière.

Dans ce rapport de l'administration, nous relevons de nombreuses inexactitudes et les faits sont présentés sous un jour favorable à la cession de ce terrain.

L'Administration cherche à éluder les difficultés. Elle commence par reconnaître que, si *la bande de terrain demandée* par M. Vaast, et qui sert actuellement pour les deux tiers au jardin du fossoyeur, et pour l'autre tiers aux inhumations, n'était utilisée pour aucun service, ou n'était qu'à usage de jardin, rien ne serait plus simple. On voit donc encore une fois que M. Vaast, malgré certains passages de sa lettre du 12 février 1868, demande tout le terrain ZNFE.

Ensuite, pour laisser entendre que les inhumations datent d'un temps éloigné, elle dit qu'il y a eu 6 inhumations de protestants depuis 1859. C'est vrai, mais la dernière est du 20 décembre 1867 (Madame Sarah Bottomley) et comme nous sommes au 12 mars 1868, il y a seulement deux mois et demi. — Elle dit qu'il y a eu 260 inhumations d'enfants depuis le 5 juillet 1858, mais elle se garde bien d'ajouter qu'on continue à y enterrer. — Elle indique qu'il y a eu 6 suicidés depuis 1858, et elle a soin de faire remarquer qu'il y a un étranger, comme si la dépouille d'un étranger différait de celle d'un français.

Dans une autre partie de son rapport, l'Administration indique son mépris pour différents genres de personnes. S'il ne s'agissait, dit-elle, que des exhumations relatives aux protestants et aux suicidés, M. Vaast parviendrait

(6) P. J. page 54.

facilement à faire opérer les exhumations dans une autre partie du cimetière communal, en prenant à sa charge tous les frais devant en résulter. Mais il n'y a pas que des protestants et suicidés au nombre de 12, il y a encore 264 enfants dont l'exhumation, dit le rapport, *devrait sans doute avoir lieu de même*, et les dépenses dans ces cas monteraient à un chiffre assez élevé pour rendre le projet irréalisable. Voilà l'objection pour l'Administration : La dépense qui en résulterait pour le patronage. Et les intérêts de la ville? on n'en dit pas un mot.

Il résulte d'une pièce (7) trouvée au dossier de l'affaire que la dépense se serait élevée à plus de 4,000 fr., non compris les frais de timbre et d'enregistrement, aussi on comprend que l'Administration, favorable à M. l'abbé, y trouve une difficulté, et qu'elle ne propose que de céder ou de louer à M. Vaast, l'emplacement occupé à cette époque par le jardin du fossoyeur, et de lui permettre, au moyen d'un mur continu, de l'englober dans le patronage; et puisque cette question renferme plusieurs points délicats à envisager, elle propose de la renvoyer à une commission de trois membres.

Cette commission nommée le 12 mars 1868, composée de MM. Herbeaux, Leurent et Taffin, se mit à l'œuvre.

DÉMARCHE DE M. L'ABBÉ VAAST AUPRÈS DE M. LE DIRECTEUR DU CIMETIÈRE. — Que fait alors M. l'abbé Vaast, qui fut probablement, on ne sait pourquoi, informé des difficultés que sa demande rencontrait?Il va trouver M. le Directeur du cimetière pour chercher à le gagner à sa cause (8).

DÉMARCHES DE M. LE MAIRE AUPRÈS DE M. DELREUX. — M. Vaast ne trouva pas toute la complicité qu'il croyait rencontrer chez M. Delreux. Aussi il fit de nouvelles démarches auprès de M. le Maire pour le prier d'intervenir

(7) P. J. page 56.
(8) P. J. page 57.

auprès de son employé, M. le Directeur du cimetière. Nous trouvons dans la dernière lettre citée (8) que M. Delreux répondit à M. le Maire qu'il y avait, selon lui, *une certaine gravité* a céder immédiatement le cimetière des protestants, enfants et suicidés, attendu qu'*on avait continué d'enterrer jusqu'à ce jour.*

. M. le Maire, tout en proposant par écrit dans son rapport du 12 mars 1868 de ne céder que le jardin du fossoyeur, sous entendait donc qu'on cèderait tout le terrain. Sans cela sa démarche auprès de son employé, pour chercher à le faire entrer dans ses vues, aurait été inutile. Du reste, ce qui le prouve encore davantage, c'est que M. le Maire, sur les objections de M. Delreux, lui dit qu'on aurait fait procéder à l'exhumation de *tous les corps* qui se seraient trouvés dans le terrain qu'il avait l'intention de céder au patronage.

RAPPORT DE LA COMMISSION MUNICIPALE.—On peut voir, dans le rapport de la Commission municipale, que M. l'abbé avait bien manœuvré (9).

Le rapporteur de cette Commission se fait l'organe de M. Vaast. Il profite des erreurs produites au rapport de l'administration, et se garde bien de les relever. Il passe par dessus les observations sensées de M. le Directeur du cimetière.

Il donne pour raison de céder tout le terrain que, sans cela, le but ne se trouverait atteint que par des lignes brisées et irrégulières, singulière raison en face de la violation de sépulture ! Mais la vraie raison était que M. l'abbé avait indiqué sa volonté, il fallait bien l'exécuter.

Il résulte, en effet d'une lettre (10) de M. Vaast à M. Leroux, son successeur au patronage, que, sur l'observation de M. Vaast qu'il eût été plus convenable de faire une muraille droite à partir de la rue jusqu'à l'extrémité du patronage,

(8) P. J. page 57.
(9) P. J. page 58.
(10) P. J. page 60.

on lui accorda de faire cette muraille. L'administration, influencée par le clergé, était son fidèle serviteur pour la violation des tombeaux.

Le rapporteur de la Commission municipale proposa donc, le 2 avril, de céder tout le terrain. La Commission d'enquête fait remarquer à M. le Préfet que la dernière inhumation est du 29 mars, ou date *de 3 jours*. La difficulté était très grande, aussi fallait-il faire croire qu'on se conformait au décret de prairial an XII, malgré l'intention qu'on avait de tourner la loi.

Que fit-on ? On avait eu des entrevues précédentes avec M. l'abbé, et on lui avait posé des conditions qu'il avait adoptées, d'après le rapporteur.

CESSION DU TERRAIN AU PATRONAGE. — Dans la séance du 2 avril 1868, le Conseil municipal, après quelques observations, conclut à la cession. Le 19 avril, sans perdre de temps, *22 jours après la dernière inhumation*, M. l'abbé fit commencer la muraille qui traversa 2 concessions.

La Commission d'enquête examinera ultérieurement les conditions imposées à M. l'abbé Vaast, et prouvera qu'il ne les a pas observées.

Quand la muraille fut terminée, on planta dans le patronage des arbres, on combla les fossés, on construisit des berceaux pour tirs à l'arc, et enfin l'abbé Vaast eut le bonheur de pouvoir livrer aux jeux des enfants un terrain sacré chez tous les peuples, même chez les sauvages, et qui contenait sous son sol 254 cadavres et 2 parties de concessions !

Quel respect d'ailleurs pouvaient avoir pour ces dépouilles les enfants, lorsqu'ils voyaient leur Directeur en parler d'un ton méprisant, en disant que c'étaient des enfants non catholiques et des protestants ?

Ce qu'il y a de plus extraordinaire dans tout ce qui précède, c'est que M. l'abbé Vaast, qui pensait probablement, comme quelques uns de ses collègues essaient de le faire croire, avoir la police du cimetière catholique, devait, comme conséquence, supposer que le pasteur protestant avait la police de la partie réservée aux membres de sa communion. Mais non : ce qu'il trouvait bon pour lui, ne l'était pas pour les autres.

La Commission d'enquête fait remarquer à M. le Préfet que, jusqu'à présent, on n'a pas encore parlé du pasteur protestant.

Au commencement de juin 1868, M. Lebrat, pasteur de la paroisse de Roubaix (comprenant la ville de Tourcoing), apprit indirectement par *la rumeur publique* ce qui s'était passé. Il faut avouer que l'administration municipale de Tourcoing avait été au moins peu convenable à son égard. Etait-ce par crainte de le voir s'opposer à ses projets?

M. Lebrat se rend donc à Tourcoing pour visiter le cimetière réservé à son culte, et trouve.... un mur qui l'empêche de passer.

PLAINTE DE M. LE PASTEUR LEBRAT. — Il fait sa plainte à M. le maire de Tourcoing (11). Nous vous prions de remarquer, M. le Préfet, qu'aussitôt que M. le pasteur Lebrat apprend la prise de possession du cimetière protestant, *il fait de suite sa protestation*, et que *jamais*, par la suite, il ne s'est déclaré satisfait, malgré ce qu'a voulu laisser entendre l'administration qui, du reste, n'a pu fournir que la lettre précédente de M. Lebrat, *la seule* qu'il ait écrite, et qui n'a pas été lue en entier au Conseil municipal.

RÉPONSE DE M. LE MAIRE. — M. le Maire de Tourcoing, après 8 jours de réflexion, composa pour M. Lebrat une lettre (12) qui est un modèle en son genre. :

A en croire l'administration de Tourcoing, M. Lebrat n'aurait à se plaindre de rien. M. le Maire lui donne l'assurance que ses susceptibilités ont trouvé pleine et entière

(11) P. J. page 62.
(12) P. J. page 64.

satisfaction. M. le Pasteur fut trop confiant. Il crut que l'administration saisirait librement et spontanément les moyens et l'occasion favorables pour remettre tout en ordre selon la légalité. Il ne crut pas devoir insister pour obtenir satisfaction après la promesse par écrit faite par M. le Maire que tout le terrain de l'ancien cimetière protestant serait réservé, et qu'une porte ménagée dans le mur y donnerait accès.

Quelque temps après, M. le Pasteur, obligé d'aller dans le midi pour cause de santé, fit une absence d'un an. Cette absence ne lui permit pas de suivre l'exécution des mesures promises.

L'administration de Tourcoing, avec le temps, et n'entendant plus de plaintes, croyait que tout était oublié.

Le Directeur du patronage payait à la ville 1 fr. par an pour 1200 mètres de terrain. Tout semblait marcher au gré de l'administration et de M. l'abbé. L'administration savait bien que M. Vaast n'avait pas rempli les conditions, mais grâce à sa tolérance coupable et à sa faiblesse qui ne lui permettaient pas de rappeler un abbé au respect de la loi et des convenances, les jeunes gens de Tourcoing prenaient leurs ébats sur 254 tombes, et cela se passait dans un pays qui se dit civilisé !!! Les peuples les plus sauvages en auraient été révoltés.

CHAPITRE II. — *Demande d'enquête.*

En 1879, l'administration de Tourcoing, trouvant le cimetière insuffisant, songea à l'agrandir, alors qu'il est situé en pleine agglomération et dans des conditions contraires aux règlements, et à l'article 2 du décret du 23 prairial an XII. Alors qu'elle avait loué au patronage pour 1 fr. par an un terrain de 1200 mètres retirés de ce cimetière en 1868, elle proposa de dépenser une somme considérable , 150,000 fr. pour acheter des terrains devant être joints à ce cimetière. — La population de Tourcoing fut très surprise, et se demanda pourquoi on ne reprenait pas le terrain cédé au patronage. On retrouvait là de suite 1200 mètres, et en admettant qu'on ne transférât pas le cimetière en dehors de l'agglomération , on avait du terrain pour faire de nombreuses inhumations.

Les projets d'agrandissement du cimetière parurent du reste destinés à un insuccès certain, à cause de sa position au milieu des habitations. La *reprise du terrain cédé* parut donc d'autant plus nécessaire.

M. F. DERVAUX DEMANDE LE RETOUR A LA VILLE DU TERRAIN CÉDÉ AU PATRONAGE.— Un conseiller municipal de Tourcoing, M. François Dervaux , en étudiant la question de cet agrandissement, acquit la conviction que les conditions imposées au patronage par le conseil municipal le 2 avril 1868, n'avaient pas été respectées. Après avoir pris tous les renseignements pour s'éclairer, il fit part de ces irrégularités à un membre de l'administration et, le 23 avril 1879, il écrivait à M. le Maire de Tourcoing (13) pour demander le retour au cimetière communal du terrain cédé au patronage.

L'administration avait là une belle occasion de rentrer dans la légalité ; elle était d'accord avec le patronage , elle avait aussi près de cet établissement une bonne excuse pour lui reprendre le terrain destiné à agrandir le cimetière. D'un autre côté, le patronage ne pouvait s'y refuser.

Mais, au contraire, l'administration, au lieu de réparer les torts qu'on avait eus en 1868, voulut maintenir ce qui avait été fait. Nous verrons plus loin dans son rapport du 9 mai qu'elle pose en principe que, quand une administration a commis une erreur, elle ne peut jamais être réparée. L'administration de Tourcoing ne veut pas être critiquée par celle qui lui succèdera : elle se croit donc infaillible ?

(13) P. J. page 66.

Prévoyant toutefois qu'elle va avoir des difficultés, e e se met de suite en rapport avec M. Leroux, nouveau dire eu du patronage, pour le prévenir de ce qui se passe. Notons que la demande de M. Dervaux est du 23 avril. M. Leroux a dû être prévenu le lendemain, il écrit de suite à M. Vaast, ancien directeur du patronage, alors curé à Denain (Nord), lui demandant de lui envoyer immédiatement une réponse qui puisse lui être utile dans l'affaire. En effet, M. Vaast a écrit le 29 avril une lettre (Note 10 citée plus haut) où il essaie de faire croire qu'il a exécuté les conditions. Il est évident que M. Vaast ne viendra pas dire dans une lettre qu'il n'a pas rempli ses obligations : un coupable ne signale pas souvent ses torts par écrit (B).

RAPPORT DE L'ADMINISTRATION MUNICIPALE. — En résumé, l'Administration, en mai 1879, embrasse la mauvaise cause de l'Administration précédente, et elle se décide à présenter son rapport dans la séance du 9 mai (14).

SÉANCE DU 9 MAI. — Le résultat de la discussion fut le rejet de la proposition de retrait au patronage de la jouissance du terrain concédée en 1868.

Ainsi l'Administration en 1879, avec le Conseil, accepte la respensabilité des prédécesseurs; elle confirme l'insulte, et commet un nouveau délit. Elle ne veut même pas faire la lumière sur l'affaire, elle refuse l'enquête demandée par M. Dervaux. Nous verrons par la suite *qu'elle s'y est toujours opposée.*

(B) . On relève aussi dans cette lettre le passage suivant : « Vous voulez bien » m'informer qu'*il a été question de moi* au Conseil municipal de Tourcoing rela- » tivement au patronage. » — Or, si on consulte le *registre de délibérations*, on trouve qu'il n'y a eu que deux séances, en avril 1879, le 4 et le 18, dates auxquelles l'affaire n'avait pas encore été soumise au Conseil. La Commission d'enquête signale ce fait pour bien montrer que dans cette affaire tout est irrégulier, et que M. l'abbé Vaast, devenu curé de Denain, allègue des faits qui sont faux. Il est vrai qu'il s'est peut être appuyé sur ce que lui avait écrit son successeur, M. Leroux, lequel en avait probablement parlé à M. le Maire, et avait pris M. le Maire pour le Conseil municipal.

(14) P. J. page 68.

M. François Dervaux, confiant dans la véracité de ce qu'il avait avancé, écrit le 12 mai à M. le Maire (16) pour lui demander quelques renseignements. L'Administration de Tourcoing cherche toujours à faire traîner l'affaire en longueur. Elle répond à M. Dervaux (17) le 16 juin, c'est-à-dire 34 *jours après*, en refusant de donner copie du plan qui la condamne. Il est évident que si ce plan avait été favorable à l'Administration, elle se serait empressée de le communiquer.

Vers cette époque, du 9 au 13 juin, la *Gazette de Tourcoing* et le *Journal de Roubaix*, deux journaux dévoués à l'Administration, publièrent le compte-rendu de la séance du Conseil municipal du 9 mai, sans y joindre un certain nombre de pièces qui auraient pu éclairer les lecteurs.

Le Conseil presbytéral de la paroisse de Roubaix s'émut du bruit fait autour de cette affaire ; la dignité du culte protestant, et le respect dû à leurs morts y étant directement et publiquement engagés, et voyant que le Conseil municipal de Tourcoing approuvait et même appuyait ce qui s'était passé, il chargea M. Lebrat de faire un rapport. Au nom de ce Conseil, M. Lebrat, son président, pasteur de la paroisse, exposa, dans la séance de la consistoriale de Lille du 3 juillet 1879, ce qui s'était passé et y transmit le vœu du Conseil presbytéral de la paroisse de Roubaix.

DEMANDE D'ENQUÊTE PAR LE CONSISTOIRE DE LILLE. — Le consistoire de Lille prit ce jour un arrêté par lequel il vous priait instamment, M. le Préfet, de vouloir bien ordonner une enquête administrative (18).

Tel est, M. le Préfet, le point de départ de l'enquête relative aux faits de violation de sépulture imputés à la charge de l'Administration de Tourcoing.

----

(16) P. J. page 73.
(17) P. J. page 74.
(18) P. J. page 75.

CHAPITRE III. — *Retards apportés à l'enquête par l'Administration de Tourcoing.*

Avant de terminer cet historique remontant à douze ans, et si difficilement reconstitué à cause de l'opposition de l'Administration Tourquennoise, la Commission d'enquête croit devoir encore vous relater toutes les difficultés que cette Administration, se sentant compromise, a fait naître pour chercher à faire échouer l'enquête.

Le 4 septembre 1879, vous écriviez à M. le Maire de Tourcoing (19) pour obtenir quelques renseignements.

L'Administration était très effrayée : on lui demandait de fournir une pièce qui la condamnait. Il y avait aussi M. le Directeur du cimetière qui pouvait parler. Aussi M. Debuchy, premier adjoint, lui envoie deux invitations successives pour conférer avec lui à ce sujet. Il résulte de cette conférence (20) que l'Administration cherchait à influencer cet honnête homme. On voulait trouver moyen d'opposer sa déclaration écrite à l'enquête ; on n'y parvint pas.

Le 14 septembre, M. Delreux envoyait à M. le Maire le certificat qui lui avait été demandé (21). Telle est la lettre accablante qui résulta de ces démarches. Ce n'était pas cela que MM. Debuchy, Dervaux-Wetzel et Desurmont avaient espéré obtenir de M. Delreux. Au lieu d'une pièce à décharge, ils obtenaient le contraire

Cependant le temps s'écoulait. L'Administration de Tourcoing avait à répondre à votre lettre du 4 septembre qui lui demandait, *dans le plus court délai,* divers documents pour vous permettre de décider de la suite à donner à l'enquête ; elle ne répondit pas, espérant toujours étouffer l'affaire.

(19) P. J. page 79.
(20) P. J. page 80.
(21) P. J. page 82.

Enfin, *après plus de cinq mois* d'attente, le 6 février 1880, vous envoyez à M. le Maire une lettre de rappel (22).

L'Administration voit que l'affaire va suivre son cours. De suite, on a encore recours à des démarches auprès de M. Lebrat. On y envoie M. Funck, négociant à Roubaix, assisté de M. Desurmont. M. Funck fait aussi partie comme protestant du Conseil presbytéral de la paroisse de Roubaix, et on espérait ainsi agir sur M. Lebrat de manière à ce que le Consistoire de Lille se désistât de l'enquête.

Le terrain étant ainsi préparé par cette démarche, M. le Maire de Tourcoing écrivit le 23 février 1880 à M. Lebrat (23) une lettre très flatteuse dont on découvre le but dans les dernières lignes : « Il ne nous reste, dit-il, qu'à expri- » mer le vœu de *recevoir une prochaine communication* » de votre part relativement à cette question. » La Commission d'enquête vous fait remarquer, M. le Préfet, qu'on voulait obtenir le désistement de M. Lebrat, et par suite celui du Consistoire de manière à empêcher l'enquête.

Nomination de la Commission d'enquête, nouveaux retards. — Enfin, M. le Préfet, le 1er mai 1880, vous organisiez définitivement la Commission d'enquête (24). Vous pensiez en avoir fini, et voir la Commission d'enquête se réunir selon vos prescriptions, *le 11 mai*, à l'hôtel-de-ville de Tourcoing.

Il n'en fut rien. L'Administration de Tourcoing, jusqu'à la dernière minute, imagina d'obtenir de nouveaux délais. M. Debuchy, député, nommé président de la Commission d'enquête ne voulut pas accepter (25). M. Desurmont, conseiller général, ayant aussi refusé de faire partie de la

(22) P. J. page 83.
(23) P. J. page 84.
(24) P. J. page 86.
(25) P. J. page 88.

Commission, vous avez remplacé, le 12 mai (26), ces deux membres par les deux personnes désignées dans la lettre de M. Debuchy. La Commission devait se réunir définitivement le 18 *mai*. Cette fois c'était bien fini puisque les deux membres nommés avaient été désignés par l'Administration de Tourcoing.

Mais un autre temps d'arrêt se produit encore. La Commission ne peut se réunir le 18 parce que MM. Taffin et Flipo, les deux nouveaux membres, n'acceptent pas. L'affaire promettait de s'éterniser, mais l'Administration de Tourcoing *gagnait du temps*. Tel a toujours été son principe dans cette affaire. Qu'espérait-elle?

Enfin le 20 mai, M. le Préfet, vous avez pris un arrêté instituant pour la troisième fois une Commission d'enquête qui a pu enfin se constituer et a commencé ses travaux le 29 *mai*.

En terminant cet historique, la Commission d'enquête tient à vous faire remarquer, M. le Préfet, que la demande d'enquête est du 3 juillet 1879 et que la Commission nommée n'a pu se réunir pour la première fois que le 29 mai 1880, c'est-à-dire 11 mois après, et 13 mois après que M. Dervaux en eut saisi l'Administration de Tourcoing. C'est que cette Administration, craignant de voir la lumière se faire par la Commission d'enquête, a mis tout en œuvre pour la retarder.

<hr>

2ᵉ PARTIE. — Séances et recherches de la Commission d'enquête.

SÉANCE DU 29 MAI 1880. — La Commission a tenu d'abord trois séances à l'hôtel-de-ville de Tourcoing. Elle s'est réunie le 29 mai. Après avoir donné lecture de votre arrêté

(26) P. J. page 89.

instituant la Commission, celle-ci a nommé comme rapporteur M. Léon Ducrocq. M. le président Meurein a prié M. Dervaux, conseiller municipal de Tourcoing, qui avait déjà étudié la question au moment du projet de l'agrandissement du cimetière, de donner à la Commission un aperçu de l'affaire.

M. le Président donne ensuite lecture des pièces trouvées dans le dossier mis à la disposition de la Commission par M. le Maire de Tourcoing (C).

Un certain nombre d'autres pièces semblant utiles pour éclairer la Commission, M. le président écrit à M. le maire pour en demander 13, entre autres le plan dressé par M. Versmé, *ce plan fantôme.*

SÉANCE DU 5 JUIN. — La Commission se réunit une deuxième fois le 5 juin. M. le président lui communique la réponse de M. le Maire accompagnée de trois pièces sur treize demandes (28).— Le refus ou l'impossibilité de fournir ces renseignements contribuent encore à faire voir à la Commission d'enquête l'irrégularité de l'affaire.

VISITE DES LIEUX. — La Commission accompagnée de M. Rembauville, commissaire central de police à Tourcoing, requis par elle, se rendit sur les lieux. Elle fit appeler M. Delreux, ancien directeur du cimetière.

La Commission examine d'abord la bande de terrain laissée au cimetière, entre la haie et le mur. Elle constate la trace de constructions, de hangards appliqués à la muraille : ces hangards ont été enlevés récemment pendant la durée des fonctions de M. Delebois, successeur de M. Delreux. Cette bande de terrain a servi de dépôt pour tous les débris de croix, de pierres, etc., et était dans le plus pitoyable état de malpropreté. Il n'y restait plus *aucune trace* pouvant

---

(C) Ces pièces sont au nombre de 32, numérotées, y compris 9 journaux s'étant occupés de l'affaire, entre autres la *Gazette de Tourcoing* où a été inséré le compte-rendu de la séance du Conseil municipal du 9 mai 1879.

(28) P. J. page 90.

indiquer l'emplacement des deux concessions. Un saule pleureur, qui avait été planté sur la tête de la concession Bosker, et qui, ayant été déplacé pour l'établissement de la muraille, avait été replanté de l'autre côté de cette muraille, ind que seulement à peu près cet emplacement. — Mais plus rien pour la concession Cockeroft. — Le chemin n'est plus entretenu. Enfin cette partie avait servi comme dépôt d'immondices, de fumier et de démolitions.

FOUILLES. — Des fouilles furent faites en présence de la Commission et du commissaire de police pour retrouver le cercueil de Mme Sarah Bottomley. Il fut trouvé à une profondeur de 1^m80 (partie inférieure) et à 0,50 de la muraille.

La muraille ayant dû traverser le terrain où avaient été enterrés les enfants, terrain aboutissant au chemin sur la même ligne droite que le pied des concessions, sur la demande qui lui fut adressée par la Commission, M. Delreux répondit que les enfants avaient été enterrés sur deux couches superposées, et sur six rangs, à une profondeur de 50 à 60 centimètres, et par conséquent les fondations de la muraille n'avaient pu être établies sans qu'on ait dû déplacer un certain nombre de petits cercueils qu'il évalue pour le moins à six ou huit.

M. Delreux avait précédemment répondu par écrit à une série de questions qui lui avaient été adressées. Ces questions furent posées de nouveau par la Commission à M. Delreux qui les confirma (29).

Quelques jours après la visite faite au cimetière, M. Delreux certifia par écrit (30) ce qu'il avait affirmé devant la Commission, et sa lettre fut communiquée à la séance du 12 juin.

La Commission d'enquête alla ensuite visiter le terrain cédé au patronage, et s'assura qu'on avait élevé des cons-

(29) P. J. page 92.
(30) P. J. page 95.

tructions pour berceaux de tirs à l'arc, planté des arbres, et élevé différents jeux sur l'emplacement des tombes.

SÉANCE DU 12 JUIN. — A la séance du 12 juin, la Commission étudia de nouveau toutes les pièces du dossier, ainsi que les nouvelles pièces qu'elle était parvenu à se procurer. Les différents membres émirent leur avis. Enfin M. Léon Ducrocq fut chargé d'établir un rapport qui devait être soumis dans une dernière séance à Messieurs les membres de la Commission.

3° PARTIE. — Discussion et recherche des responsabilités.

La Commission d'enquête a recherché parmi les lois et réglements relatifs aux cimetières les articles à invoquer (D) (E) (F).

(D) Décret impérial sur les sépultures du 23 prairial an XII.

TITRE II. — De l'établissement de nouveaux cimetières.

Art. 8. — Aussitôt que les nouveaux emplacements seront disposés à recevoir les inhumations, les cimetières existants seront fermés, et resteront dans l'état où ils se trouveront sans que l'on puisse en faire usage *pendant 5 ans.*

Art. 9. — *A partir de cette époque,* les terrains servant maintenant de cimetières pourront être affermés par les communes auxquelles ils appartiennent, *mais à* condition qu'ils ne seront qu'ensemencés ou plantés, sans qu'il puisse y être fait *aucune fouille ou fondation* pour des constructions de bâtiment, jusqu'à ce qu'il en soit autrement ordonné.

TITRE IV. — De la police des lieux de sépulture.

Art. 15. — Dans les communes où l'on professe plusieurs cultes, chaque culte doit avoir un lieu d'inhumation particulier; et dans les cas où il n'y aurait qu'un seul cimetière, on le partagera par des murs, haies ou fossés, avec une entrée particulière pour chacun, et en proportionnant cet espace au nombre d'habitants de chaque culte.

Art. 16. — Les lieux de sépulture, soit qu'ils appartiennent aux communes, soit qu'ils appartiennent aux particuliers, seront soumis à l'autorité, police et surveillance *des Administrations municipales.*

Art. 17— Les autorités locales sont spécialement chargées de maintenir l'exécution des lois et règlements qui prohibent les exhumations non autorisées, et d'empê-

Se basant sur ces réglements la Commission d'enquête va maintenant rechercher les responsabilités relatives aux diverses personnes engagées dans la question.

CHAPITRE I. — *Responsabilité de l'Administration municipale de Tourcoing.*

I. — La Commission d'enquête fait d'abord remarquer qu'il n'y a pas eu de délibération du Conseil municipal autorisant la cession.

cher qu'il ne se commette, dans les lieux de sépulture, aucun désordre, ou qu'on s'y permette aucun acte contraire au respect dû à la mémoire des morts.

(E) Règlement sur les cimetières communaux de la ville de Tourcoing, approuvé par M. le Préfet du Nord, le 11 juin 1858.

Art. 9. — L'espace à ménager autour des terrains concédés sera, comme pour les fosses ordinaires, de trois décimètres sur les côtés, de même qu'aux deux extrémités. — Cet espace sera fourni par la commune.

Art. 16. — Les concessions trentenaires seront indéfiniment renouvelables à l'expiration de chaque période de 30 ans, moyennant une nouvelle redevance égale au taux de la première. — Il sera laissé aux concessionnaires ou à leurs ayants-cause un délai de deux ans pour user de leur droit de renouvellement.

Art. 37. — Il est expressément défendu au fossoyeur-concierge, à ses agents, comme *à tous autres, de toucher aux cercueils après l'inhumation*, sous quelque prétexte que ce soit, à peine d'être considérés comme coupables de *violation des tombeaux*, à l'exception des cas prévus dans les articles 40 et 41.

Art. 40. Le fossoyeur-concierge devra, sous peine de destitution, empêcher qu'il ne soit fait, sous quelque prétexte que ce soit, aucune exhumation, ni aucun enlèvement ou déplacement de cadavres ou d'ossements, autres que ceux ordonnés par la police judiciaire, ou autorisés, à la requête des particuliers par l'Administration municipale. — Dans ce dernier cas, les exhumations ne pourront être effectuées qu'en présence du commissaire de police, porteur d'une permission spéciale, délivrée par nous.

Art. 41. — Il sera dressé procès-verbal de ces exhumations ainsi autorisées.

Art. 42. — Les exhumations ne pourront être faites que dans les conditions prévues par les articles 40 et 41.

Le transport des ossements devra être effectué pendant la nuit, avec *le plus de soin et de décence qu'il sera possible.*

Art. 45. — Les contraventions au présent règlement seront constatées par des procès-verbaux que dressera le commissaire de police, pour qu'il y soit donné suite devant les tribunaux compétents.

(F) Ordonnance du 6 décembre 1843, titre 1er, art. 2.

L'administration de Tourcoing seule est coupable. Elle n'a pu fournir cette délibération du Conseil (28) qui, du reste, sans la mettre à couvert, n'aurait fait que rendre tout le Conseil complice de l'illégalité commise en 1868.

II. — L'Administration n'avait pas le droit de céder un terrain qui ne lui appartenait pas. En effet, elle avait concédé à MM. Bosker et Cokeroft une partie de ce terrain pour un certain nombre d'années, et à la date de la cession au patronage, ces 2 concessionnaires avaient encore la jouissance de ce terrain, le 1er pendant 2 ans, le 2e pendant 29 ans et 9 mois, et même ce dernier, d'après l'art. 16 du réglement précité sur le cimetière de la ville de Tourcoing, pouvait renouveler indéfiniment sa concession à l'expiration de chaque période de 30 ans, et il lui était même laissé un délai de 2 ans pour user de ce droit. On ne pouvait donc, en admettant que M. Cockeroft ne renouvelât pas la concession, disposer de son terrain pour l'ensemencer seulement qu'en 1902 (5 ans après les 30 ans).

Outre ces 2 concessions, qui ne sont qu'une minime partie des inhumations, il y avait encore 274 tombes. L'inexécution de l'art. 8 du décret de prairial est flagrante : L'Administration *n'a pas laissé le cimetière fermé pendant cinq ans,* puisque, comme l'affirme M. Delreux, directeur du cimetière, (Note 29 déjà citée) : « Lorsque M. Vaast a pris possession » du terrain aussitôt que la muraille a été finie, il a livré » *immédiatement* aux jeux des enfants ce terrain, et on n'a » entouré que 4 *tombes* sur 254.... Il y avait des inscriptions » qui ont été *déplacées* pour bâtir la muraille. » (et qui ont disparu ensuite) « sur la tombe de l'enfant Bosker, il y avait » une bordure de buis qu'on a dû déplacer pour les fonda- » tions, ainsi que le saule pleureur. »

La Commission d'enquête rappelle aussi que M. le Directeur du cimetière a indiqué à M. le Maire de Tourcoing « qu'il y » avait une certaine gravité à céder *immédiatement* cette » partie du cimetière, attendu qu'on avait continué d'en-

» terrer jusqu'à ce jour », et que la dernière inhumation étant du 29 mars, la muraille a été commencée 20 jours après, le 17 avril.

Ainsi, en cédant ce terrain, l'administration de Tourcoing de 1868 a commis une *violation de sépulture*.

III. — L'administration ayant à tort décidé la cession du terrain, que devait-elle faire pour se soumettre aux prescriptions de la loi?

L'article 1er des conditions imposées à M. Vaast dit : « La » ville cède, à *titre de location*..... » Or il y a des formalités à remplir pour louer un bien communal : il y a d'abord les publications faites pendant un certain temps, et des affiches apposées dans les lieux destinés à cet objet. Il doit ensuite être procédé à l'adjudication aux enchères publiques.

Ces formalités ont-elles été remplies? Cela aurait été trop long, aurait coûté trop cher au patronage, et n'aurait pas rempli le but de l'administration de faire au patronage une cession déguisée. Dans la pensée de l'administration et du patronage, c'était bien une cession définitive : on en a la preuve dans la muraille qui a été construite par le patronage sur le front à rue. Si on examine cette muraille, on voit qu'elle est dans toute sa longueur construite de la même manière, et rien n'indique la séparation de la propriété de la ville avec celle du patronage.

L'administration a beau prétendre qu'il n'y a pas eu bail parce qu'il n'y a pas eu aliénation de terrain, mais une simple occupation à titre précaire et révocable à la première demande de la municipalité. L'année dernière elle a eu l'occasion de rentrer dans la légalité, elle ne l'a pas voulu.

L'administration de Tourcoing n'a pas sollicité l'autorisation préfectorale indispensable, car si elle avait ébruité l'affaire, elle n'aurait pu faire profiter le patronage de ce défaut de forma lités. — Il est juste de faire remarquer, que pour les baux qui n'excèdent pas 18 ans, la production des procès-verbaux d'enquête et d'expertise n'est exigée par aucun texte de loi ou de règlement, et sauf des circonstances dont le préfet est toujours juge, il suffit d'accomplir les formalités de publications et d'affichage.

Ainsi on ne pouvait se dispenser d'accomplir certaines formalités. Et l'autorisation préfectorale? *Elle n'a jamais été donnée.*

Est-ce ainsi que les administrateurs des communes doivent gérer les propriétés communales? Doivent-ils causer un préjudice énorme aux contribuables en *louant pour* 1 *fr. par an un terrain de* 1200 *mètres valant* 30 *à* 40,000 *fr.*

En somme, qui a payé le loyer de ce terrain? Ce sont les habitants de Tourcoing, et circonstance aggravante, on n'enseigne pas aux jeunes gens qui fréquentent ce patronage le respect des institutions qui nous régissent. Devons-nous soudoyer nos ennemis?

IV. — Après l'oubli bien volontaire de toutes ces formalités, que devait encore faire l'administration.

La Commission d'enquête vous fait encore remarquer, M. le Préfet, que relativement à la *translation* du cimetière protestant dans un autre terrain, elle n'a pas suivi les prescriptions de l'art. 2 du titre 1er de l'ordonnance royale du 6 décembre 1843. Toutes ces prescriptions auraient demandé trop de temps, et on voulait avoir de suite la jouissance du terrain.

V. — En ce qui concerne la muraille voyons comment on a agi. On a établi l'axe de cette muraille à 4 mètres de la haie (Voir le croquis N° 2, annexé). Pour gagner 1 mètre de plus dans la longueur du terrain, on n'a pas craint *d'empiéter d'un mètre sur chacune de ces deux concessions.*

Pour laisser les concessions en dehors du patronage, on aurait dû établir l'axe de la muraille à 5m 27, ou la partie de la muraille à l'intérieur du cimetière à 5m 10 de la haie, au lieu de 3m 80, distance actuelle. En effet, tant de la déclaration de M. Delreux que des renseignements pris sur les lieux par la Commission d'enquête, et des différents plans, il résulte qu'il y avait le long de la haie un chemin de 1^m 50. Il y avait d'après l'art. 9 du règlement du cimetière une bordure de 0^m30 fournie par la ville. On mettait les pieds à 0^m30 de ce chemin, soit à 1^m 80 de la haie, mesure constatée du reste par le plan officiel fourni par la municipalité et joint au rapport. La muraille étant à 3^m 80 de la haie, il reste $3^m80 - 1.80 = 2$ mètres de concession.

L'administration, poussée par M. l'abbé Vaast, et pour laisser gagner 1 mètre de terrain sur toute la longueur cédée viola la loi et le respect dû aux tombeaux. Mais c'étaient des tombeaux de protestants, et qu'est-ce que ces hérétiques pour des catholiques intolérants. S'il s'était agi de la sépulture d'un riche négociant catholique de Tourcoing, il est incontestable que cela ne serait pas passé ainsi. De plus l'un des concessionnaires était loin, bien loin, en Angleterre, en Amérique, qui sait? Il était peut être mort, le reverrait-on jamais? Et puis, est-ce qu'en dehors de la religion catholique on est supposé avoir le respect des morts.

VI. — La Commission d'enquête a fait dans la séance du 3 juin une visite sur les lieux pour s'assurer de la violation de sépulture. (G)

(G) — Il ne s'agissait nullement, comme quelques personnes ont essayé de dire, de voir si le mur était à cheval sur les cercueils, parce que :

1° La Commission savait, d'après la déclaration de M. Delreux, que « les fonda-
» tions de la muraille n'ont pas touché aux cercueils des 2 personnes inhumées dans
» les concessions, parce que, comme d'habitude, les inhumations ont été faites en
» deçà de ladite muraille (du côté du cimetière), et *le terrain prélevé par le patronage*
» *sur lesdites concessions* était destiné à l'établissement de monuments que les familles
» auraient pu ériger ». La Commission d'enquête savait bien, ce qui est conforme
du reste avec le plan fourni par l'administration, que les pieds de la personne
inhumée se trouvaient sur la ligne B E, à 1 m. 80 de la haie, et la Commission d'enquête appelle l'attention sur cette distance de *1 m. 80* qui est elle-même indiquée
par l'administration et qui est conforme à toutes les déclarations. Un chemin de
1 m. 50 n'est pas du reste bien large pour un cimetière, d'autant plus que 2 hommes

Nous avons vu que le cercueil était à 1^m80 de l'axe de la haie. Le cercueil ayant environ 1^m50, la tête du cercueil devait donc se trouver à $1^m80 + 1,50 = 3^m30$ de l'axe de la haie, et par conséquent a $3^m83 - 3^m30 = 0,53$ *du mur*. La Commission a voulu s'assurer de ce fait. Elle a fait faire une tranchée. M. Delreux a parfaitement indiqué la place où était enterrée Mme Sarah Bottomley, quoiqu'aucun signe apparent ne la distinguât du terrain voisin. On a trouvé entre le cercueil et le mur, 50 *centimètres*.

D'après les calculs et prévisions, le cercueil devait se trouver à 0,53 du mur. La minime différence de 3 centimètres s'explique parce que les calculs avaient été faits sur la mesure prise au niveau du sol, tandis que, dans les fondations, où on a mesuré la distance réelle, le mur a 3 centimètres de plus en largeur de chaque côté de l'axe.

Les pieds du cercueil étant en A E (croquis N° 2), la concession part de cette ligne, et arrive en M H à 3 mètres de A E.

Ici, Monsieur le Préfet, la Commission d'enquête appelle votre attention sur CE QU'IL Y A DE PLUS AUDACIEUX DANS CETTE AFFAIRE :

L'Administration de Tourcoing a fait établir pour la circonstance un plan qu'elle savait faux. Pour laisser croire qu'on n'avait pas enlevé un mètre à chaque concession, on a porté sur ce plan les concessions à 2 *mètres* de longueur; et quoiqu'on eût réellement enlevé 1 mètre à chaque concession, on prétendait ainsi faire admettre qu'on n'avait pas violé les tombeaux. Etrange tromperie! mais qui ne surprend pas de la part de ces hommes!

---

de front portant un cercueil devaient y passer, et que cette distance de 1 m. 50 est prise de l'axe de la haie.

2° La Commission d'enquête ne pouvait non plus avoir l'idée de rechercher si le cercueil était sous la muraille parce qu'il aurait fallu que le cercueil ait eu plus de 2 m. 03 de longueur. Les cercueils de cette dimension sont excessivement rares, surtout pour une femme, d'autant plus qu'il résulte des témoignages de ceux qui ont connu la femme Sarah Bottomley qu'elle était de toute petite taille.

Or il résulte de toutes les pièces officielles, des actes de concession signés par M. le maire de Tourcoing (Notes 3 et 4 citées plus haut), et d'un plan joint au rapport de la Commission municipale en 1868 (et qui ne peut pas être soustrait parce qu'il en est parlé dans ce rapport), il résulte de tous ces documents que les concessions avaient *trois mètres de longueur*. En outre, il résulte d'un document antérieur aux concessions, le réglement du cimetière de Tourcoing du 9 juin 1858, art. 21, que dans ce cimetière toutes les concessions doivent avoir 3ᵐ de profondeur sur une façade d'un nombre indéterminé de mètres.

Les fouilles faites dans le cimetière ont donc démontré clairement qu'*on a pris un mètre à chaque concession* pour le céder au patronage (H). Ce qui prouve encore que la muraille a été construite sur une partie de la concession Bosker, c'est

(H) — 1. Avant d'avoir fait ces fouilles, la Commission d'enquête s'était demandé s'il était possible que les concessions fussent situées entre le mur et la haie. En admettant, pour mettre toutes les suppositions en faveur de l'administration de Tourcoing, et contrairement à l'art. 9 du règlement du cimetière (qui prescrit de ménager un espace de 0 m. 30 entre chaque concession et aux 2 extrémités afin qu'on puisse circuler alentour), en admettant donc que la concession parte du mur A B (Voir croquis Nᵒ 3), l'extrémité de la concession arrivera à 3 m. en C D, et le chemin en E F. La distance A F était de 3 m. 30, il restera pour le chemin E O = 3 m. 83 — 3 m. 30 = 0 m. 53.

Il ne resterait donc pour le chemin que 0 m. 53 à partir du pied de la haie. La haie ayant 0,20 de chaque côté de l'axe, le chemin devrait seulement avoir 0,53 — 0,20 = 0 m 33. — Si même dans ce cas on s'était conformé à l'art. 9 du règlement du cimetière, il faudrait encore déduire 30 centimètres, c'est-à-dire que le chemin aurait *3 centimètres de large*, ce qui est absurde. Du reste l'administration reconnaît elle-même qu'il avait 1 m 50. La supposition précédente, faite par la Commission d'enquête dans le but d'être favorable à l'administration, a été réduite à néant par les fouilles faites au cimetière.

2º Enfin, pour montrer toute l'impartialité imaginable, pour rechercher si l'administration ne pourrait pas avoir raison d'une autre manière, supposons, comme quelques personnes ont fait, malgré le plan, que le chemin n'ait eu que 0 m. 80, chemin bien étroit pour un cimetière. Alors 0,80 de chemin + 0,30 de bordure, + 1,50 de cercueil = 2 m. 60. On a trouvé entre le cercueil et le mur 0,50, ce qui fait : 2 m. 60 + 0,50 = 3 m. 10. Or on devrait trouver 3 m. 83, distance du mur à la haie, ou bien alors, c'est que le cercueil a 1,50 + 0,7 = *2 m. 23* ce qui est absurde. Nous trouvons au contraire en faisant ce calcul la preuve qu'il reste encore 0,73 à ajouter quelque part : or si on l'ajoute à la largeur supposée du chemin 0,80 ou à 0,80 + 0,73 = 1 m. 53 toujours *la largeur réelle du chemin* à 0,03 près.

qu'un saule pleureur *planté au delà* (du côté du patronage) de l'alignement qu'on voulait adopter pour le mur, *a été transplanté en deçà* (du côté du cimetière), après la construction.

Pour terminer ce qui a rapport à l'Administration municipale, la Commission d'enquête fait encore remarquer qu'elle avait promis à M. le pasteur Lebrat *de ne plus enterrer les protestants à côté des suicidés*, place considérée comme infamante. Or voici ce qu'elle a fait : elle n'a pas mis le cimetière protestant à côté du lieu des snicidés, mais plus tard, quand le cimetière protestant a été installé, *on a inhumé les suicidés à côté du nouveau cimetière protestant.* Singulier moyen d'exécuter ses engagements d'une manière jésuitique ! et en outre violation du décret de prairial an XII, qui n'admet pas ces distinctions.

Pour nous résumer en ce qui concerne le chapitre 1er, la Commission d'enquête est d'avis :

A. — En ce qui concerne l'Administration municipale de Tourcoing en 1868 :

1° Qu'elle a cédé le terrain sans une délibération du Conseil ni autorisation préfectorale ;

2° Qu'elle n'avait pas le droit de céder un terrain dont une partie ne lui appartenait pas ;

3° Qu'elle n'a pas accompli les formalités nécessaires à une cession de ce genre ;

4° Qu'elle n'a pas pris pour la translation du cimetière protestant les mesures prescrites par l'art. 2 du titre 1er de l'ordonnance du 6 décembre 1843 ;

5° Qu'elle n'a ni demandé, ni obtenu l'autorisation préfectorale nécessaire pour déplacer le cimetière protestant ;

6° Qu'elle ne s'est pas conformée aux art. 8 et 9 du décret du 23 prairial an XII, en n'attendant pas cinq ans ;

7° En ce qui concerne les deux concessions Bosker et Sarah Bottomley, outre qu'elle a cédé un terrain qui ne lui appartenait plus, il y avait cette circonstance aggravante que ce terrain était consacré à une sépulture;

8° Qu'elle n'a pas veillé à ce que M. l'abbé Vaast exécutât les conditions qui lui étaient imposées.

Qu'en raison de tout ce qui précède, *elle s'est rendue coupable du crime de violation de sépulture.*

B. — En ce qui concerne l'Aministration municipale de Tourcoing en 1879, la Commission d'enquête est d'avis :

Qu'elle s'est rendue complice des mêmes faits en les approuvant lorsqu'ils lui ont été signalés, et en ne cherchant pas à y remédier lorsqu'une occasion lui était offerte au moment des plaintes, ce qui paraît encore plus grave, puisque son attention a été éveillée, et qu'elle avait tous les moyens de s'éclairer, ce qu'elle a refusé de faire.

CHAPITRE II. — *Responsabilité de M. l'abbé Vaast.*

La commission d'enquête a d'abord trouvé très étonnant de voir le ministre d'une religion assez peu scrupuleux du respect des morts pour oser demander un terrain affecté à des inhumations qui devait être transformé en lieu de récréation pour des enfants. Mais si, au point de vue moral, on peut accuser M. Vaast pour ce motif, on ne le peut au point de vue légal, car il a demandé la cession et on la lui a accordée. Qu'il ait employé des moyens plus ou moins convenables pour arriver à ses fins, c'est encore une affaire de conscience.

Mais la cession obtenue, que devait faire M. l'abbé pour rester dans la légalité? Et d'abord la Commission d'enquête va examiner s'il a exécuté les conditions.

I. — La première condition a rapport au paiement. S'il l'a, comme la Commission le suppose, exécutée, c'est la seule qu'il ait **remplie exactement**; elle n'est pas du reste bien pénible, il s'agissait de payer 1 fr. par an pour la jouissance d'un vaste terrain de 1,200 mètres.

II. — La deuxième condition ne fait qu'indiquer le lieu où sera installé le nouveau cimetière protestant, nous avons indiqué plus haut comment l'Administration de Tourcoing l'a exécutée.

III, — A. — La troisième condition disait : « Quant au
» cimetière actuel des protestants, suicidés et enfants,
» *après le délai de cinq ans* fixé par la loi, il serait adjoint
» au patronage au même titre de location que le jardin du
» fossoyeur, néanmoins les haies séparatives de l'ancien
» cimetière devront être maintenues pendant 5 ans. » (à partir de la fermeture de ce cimetière en 1868).

Ce délai exigé par la loi, était bien long. M. l'abbé Vaast, pressé de jouir de son terrain, s'empare de toute la partie ZNFE au lieu de prendre seulement ZNST (Voir le croquis N° 1 déjà cité). Il démolit les haies ST, NF, CD et ON, et pour sauver les apparences, il forme avec une partie de ces vieilles haies déplantées, qui ne devaient plus repousser, un petit enclos autour de quatre tombes de protestants, Ernest Eckstien, Jean-Baptiste Six, Anne Catherine Schmidt, et l'enfant Sibson.

Nous avons vu qu'il y avait eu 276 inhumation; il est resté dans le cimetière : 1° les cercueils des deux concessions; 2° environ vingt enfants, soit vingt-deux, *il restait donc dans le patronage* 276 — 22 = 254 *tombes* sur lesquelles les enfants purent s'amuser !

B. — Le terrain du cimetière devait être joint au patronage après cinq ans, à condition que « le Directeur du pa-
» tronage ferait opérer de suite et à ses frais dans le nou-
» veau cimetière *toutes les exhumations qui seraient possi-*
» *bles des corps situés dans le terrain cédé.* »

Combien M. l'abbé en a-t-il trouvé de possibles ? *Aucune !!*

Nous avons vu que les frais se seraient montés à plus de 4000 fr. M. l'abbé trouva plus économique de les éviter, ainsi qu'il résulte d'un certificat de M. le Commissaire central de police de Tourcoing (31) (32).

IV. — A.— Quand M. l'abbé Vaast fit construire le mur, on a dû, d'après le témoignage de M. Delreux (Note 29 citée plus haut) et d'après l'état des lieux, déplacer au moins 6 ou 7 enfants, comprenant peut-être celui enterré 20 jours auparavant. Qu'a-t-on fait des dépouilles de ces enfants? M. Vaast a probablement dispersé leurs ossements dans les fossés qu'il a fallu combler. Il partageait probablement les idées du rapporteur de l'administration municipale qui dit en parlant de ces enfants sans baptême : « Ce sont plutôt des *embryons* » que des corps formés. Dès lors la décomposition naturelle » de leurs dépouilles se fait au bout de très peu de temps, et » ce qu'il peut en rester devient insaisissable » (I).

B. — On devait aussi ménager une porte donnant sur la rue pour permettre de se rendre au nouveau cimetière protestant sans passer par le cimetière commun. On a encore oublié cette condition. On a du reste probablement reconnu qu'on n'avait pas laissé l'allée assez large, et que si on avait fait cette porte, il aurait fallu passer sur les 2 concessions, et si M. Henry Cockeroft avait construit un monument sur la tombe de sa femme, il ne serait plus resté qu'un passage très étroit entre ce monument et la haie.

C'est dans cette allée qu'on a par la suite enterré les suicidés.

(31) P. J. page 96.
(32) P. J. page 97.

(I) Le clergé catholique n'est pas toujours aussi intolérant. Le même rapporteur nous apprend en effet qu'aucun obstacle, *même canonique*, ne s'oppose à ce que ces enfants ne soient enterrés dans le cimetière commun. — Un des membres de la Commission d'enquête a même cité à ce sujet un enfant mort-né qui, il y a quelques années, a été enterré dans une commune voisine avec tous les honneurs du clergé catholique. Il est vrai qu'il appartenait à une famille très riche, et dans ce cas le clergé catholique ne refuse jamais son concours généreusement rétribué. Il est vrai aussi qu'il peut encore alors se retrancher derrière le baptême intra-utérin.

C. — L'administration et M. Vaast ont prétendu qu'on n'avait pas fait de constructions sur les tombes :

Dans sa séance du 5 juin, la Commission d'enquête est allée visiter l'intérieur du patronage. Elle a constaté, avec M. Delreux, que lorsqu'on y a construit des berceaux pour tirs à l'arc, différents jeux, planté des arbres, etc, on a dû faire des fouilles contrairement aux art. 8 et 9 du décret de prairial, et qu'on a dû y rencontrer des cercueils. Qu'en a fait M. l'abbé ?

V. — Il avait été convenu que si les familles de l'enfant Bosker et de Mme Sarah Bottomley répugnaient à la translation de leur concession dans le nouveau cimetière, la muraille serait reportée de façon que les terrains concédés soient contenus entre la limite du patronage et celle du cimetière commun.

La Commission d'enquête a acquis la preuve qu'on n'a pas consulté ces familles, ou au moins qu'on n'en a consulté qu'une, et encore pour cette dernière l'administration n'a donné aucune preuve (J). L'une de ces familles, celle de Mme Sarah Bottomley (femme de M. Cokeroft) était allée se fixer en Angleterre, et M. Vaast supposait qu'elle n'aurait jamais connu la violation de sépulture faite à son préjudice; mais lorsque M. Henry Cokeroft apprit plus tard ce qui s'était passé, il écrivit à l'un de ses amis, qui lui avait fait part

(J) Pour montrer que tout est irrégulier dans cette affaire, la Commission d'enquête fait remarquer la contradiction suivante :

1° D'une part, M. l'abbé Vaast dit dans une lettre (Note 10 citée plus haut) : « Il y » avait 2 concessions auxquelles on ne pouvait toucher sans le consentement des » ayants droit. *L'administration eut la BONTÉ de leur proposer* l'exhumation et la » translation dans une autre concession. *Ils ne voulurent pas y consentir*, et l'on res- » pecta leur droit en reculant la muraille». (Nous avons vu de quelle manière).

2° D'autre part, l'administration municipale de Tourcoing dit (Note 28 citée plus haut) : « Il avait été convenu que les exhumations possibles seraient opérées aux » frais du directeur du patronage. On croit savoir que *M. Vaast a proposé* les exhu- » mations aux familles intéressées. L'une de ces familles n'a pas été retrouvée; » l'autre n'a pas consenti, paraît-il. »

de la violation de sépulture de sa femme, une lettre (33) où il demandait les démarches à faire contre l'administration de Tourcoing, et depuis que la commission d'enquête est instituée, il a écrit pour en demander le résultat.

Dans la séance du 9 mai 1879 du conseil municipal de Tourcoing, M. Taffin, défenseur de l'administration, disait : « Admettons que M. Vaast ait négligé d'accomplir quelques- » unes des conditions qui lui étaient imposées, faudrait-il » pour cela retirer le terrain au patronage? Telle ne saurait » être, Messieurs, votre décision. Car s'il y avait eu négli- » gence, faute ou oubli, la responsabilité n'en devrait jamais retomber que sur leur auteur, *et leur auteur ne saurait être* » *que M. Vaast.* »

Telle est aussi l'opinion de la commission d'enquête en ce qui concerne une partie de la responsabilité.

En résumé, en ce qui concerne la responsabilité de M. l'abbé Vaast, actuellement curé à Denain (Nord),

La commission d'enquête est d'avis :

1º Qu'il n'a pas rempli les conditions imposées par la ville lors de la cession;

2º Qu'il a toléré que les enfants du patronage prissent leurs ébats sur 254 tombes ;

3º Qu'en faisant des fouilles, sans la présence de M. le Commissaire de police, pour le mur et les différents jeux, il a trouvé des ossements d'enfants, de suicidés et de protestants qu'il n'a pas fait inhumer dans le cimetière commun ;

4º Qu'il a fait déplanter des haies, un saule pleureur et une bordure de buis sur la tombe de l'enfant Bosker.

5º Qu'il a fait disparaître des inscriptions sur d'autres tombes, entre autres sur celle de Mme Sarah Bottomley.

Que pour tous ces motifs, il s'est rendu *coupable du crime de violation de tombeaux*.

(33) P. J. page. 98.

La Commission d'enquête ajoute que si les mêmes faits avaient été commis par un pasteur protestant à l'égard de tombes catholiques, il y a longtemps qu'il en aurait été puni.

CHAPITRE III. — *Responsabilité de M. Delreux, ex-directeur du cimetière.*

La Commission d'enquête fait d'abord remarquer que M. Delreux, préposé au cimetière communal, a fait, quoique employé de l'Administration, à M. le maire et à M. l'abbé Vaast toutes les observations compatibles avec sa position.

Pouvait-il s'opposer par la force aux mesures combinées de l'Administration et M. l'abbé Vaast? Il aurait été brisé de suite, s'il s'était élevé contre la volonté d'un membre du clergé catholique, surtout dans la ville de Tourcoing.

M. Delreux a été jusqu'à défendre aux maçons de toucher aux tombes. Rien n'y a fait. L'Administration voulait arriver quand même. Du reste, une fois le terrain cédé, et le mur construit, le fossoyeur-concierge n'avait plus la garde du terrain cédé au patronage, et devant la décision de l'Administration, M. Delreux se crut dégagé de ses fonctions de surveillance sur cette partie du cimetière dont il était séparé par un mur. (K)

Quant aux 2 cercueils de concessions, et aux 6 ou 7 enfants restés dans le cimetière commun, M. Delreux a veillé à ce qu'on n'y touchât pas. Ils y sont encore aujourd'hui. Toutefois la Commission d'enquête a constaté avec peine que la conces-

---

(K) Les articles du règlement sur le cimetière qu'on pourrait invoquer contre M. Delreux sont :

1º L'art. 37 (cité plus haut) (Note E). Or M. Delreux n'a touché à aucun cercueil, et c'est M. l'abbé Vaast qu'il l'a fait faire par ses ouvriers.

2º L'art. 40. — Mais M. Delreux ne pouvait s'opposer à ce qui se passait de l'autre côté de la muraille. — Comme M. Delreux avait fait remarquer à M. l'abbé Vaast qu'on trouverait des ossements en faisant des fouilles pour le mur, M. l'abbé, qui régnait en maître, avait répondu : « Ceci, c'est mon affaire ».

sion de Mme Sarah Bettomley n'était pas indiquée sur le sol : son emplacement a été désigné par les souvenirs du fossoyeur qui antérieurement avait procédé à l'inhumation. Il est vrai que si l'emplacement était indiqué, on aurait la preuve palpable de la violation de sépulture par l'Administration municipale.

En résumé, rien ne peut atteindre M. Delreux. Lui seul, dans toute cette affaire, s'est montré exécuteur fidèle des lois et règlements, et, vu sa situation d'employé de la munici- palité, la Commission d'enquête n'a que des éloges à lui adresser. — M. Delreux a quitté ses fonctions de directeur de cimetière au 16 mai 1877, après 40 *ans* de bons et loyaux services. Les motifs de son départ, complètement étrangers à son service, font du reste le plus grand honneur à M. Delreux, et ont prouvé une fois de plus qu'il était un honnête homme partisan de la légalité.

CHAPITRE IV. — *Responsabilité de M. le Préfet du Nord en* 1868.

Si M. le Préfet du Nord, en 1868, avait été mis au courant de cette affaire par M. le maire de Tourcoing, il aurait dû faire procéder à une enquête, et, en tout cas, annuler d'office pour violation du décret de prairial la décision de l'Administration de Tourcoing.

Mais la Commission d'enquête suppose que l'Administra- tion de Tourcoing a caché cette situation à M. le Préfet, dans la crainte de voir anéantir ses projets, et alors la faute est encore plus grande pour l'Administration municipale.

CHAPITRE V. — *Responsabilité de M. le Commissaire de police en* 1868.

La Commission d'enquête signale encore le silence de M. Cor, commissaire central de police en 1868.

M. Cor n'a pas, conformément à l'art. 45 du règlement sur le cimetière de Tourcoing, dressé procès verbal contre M. l'abbé Vaast coupable de contravention à l'art. 37 de ce règlement. (cité note E). Il était probablement gagné à sa cause et à celle de l'Administration ; il a du reste été révoqué plus tard pour abus de pouvoir dans les affaires du 16 mai 1877.

4° PARTIE. — Conclusions.

Vous avez invité, M. le Préfet, par votre lettre du 1er mai 1880, la Commission d'enquête à « vous proposer » les mesures qui lui paraissent propres à donner satisfaction » aux divers intérêts engagés dans la question. »

La Commission, après avoir étudié sérieusement cette affaire, propose les mesures suivantes :

I. — Retour à la ville du terrain de 1200 mètres cédé à tort au patronage :

Il est de toute nécessité que le terrain cédé en violation des lois et règlements soit rendu à la ville, et que le patronage fasse démolir la muraille à ses frais. — Rien du reste ne s'y oppose. En effet on lit, dans le rapport du 2 avril 1868, que « la ville se réservait le droit de rentrer à la première » volonté dans la possession des terrains cédés, et pourrait » exiger la démolition des murailles et autres constructions, » de façon que *les choses soient remises en leur état actuel.* »

Le patronage a profité pendant plus de 12 ans d'un

terrain de 1200 mètres pour 1 fr. par an, et s'il y a quelqu'un qui doit se plaindre, ce sont les *contribuables de la ville de Tourcoing*. (L).

II. — Retour à la concession de M. Henry Cockeroft du terrain qui lui a été enlevé :

La Commission d'enquête est d'avis que la ville, ayant repris possession de son terrain, doit nécessairement rendre à M. Henry Cockeroft le mètre de terrain qui lui a été enlevé.

III. — Poursuites pour violation de sépulture :

La Commission d'enquête ne sait pas si elle a qualité pour indiquer à M. le Préfet les poursuites à intenter. Les faits à charge sont si graves, qu'elle ne formule pas de projet à cet égard et laisse à M. le Préfet le soin de faire respecter les lois.

Elle rappelle qu'elle a prouvé la violation de sépulture de la part :

1° De M. l'abbé Vaast, actuellement curé à Denain (Nord);

2° Des membres de l'Administration municipale de Tourcoing en 1868 ;

3° Des membres de l'Administration municipale en 1879, comme complices des mêmes faits.

IV. — Dommages et intérêts au profit de la ville de Tourcoing :

La Commission d'enquête est d'avis que la ville de Tour-

(L) La conséquence est que : 1° Si on affecte ce terrain au cimetière, on trouvera de suite une augmentation de 1200 mètres qu'on pourra utiliser en attendant que le cimetière, placé au centre de l'agglomération, soit transporté en dehors conformément au décret de prairial.

2° Si, au contraire, dans un temps rapproché, on transporte le cimetière en dehors de l'agglomération, la ville pourra, après avoir rendu le terrain enlevé à M. Henry Cockeroft, et après avoir accompli les formalités, louer ou vendre ce terrain repris au patronage. — Le patronage pourra même l'acheter, si on l'y autorise, et si cela lui plaît, mais au moins les finances de la ville n'en souffriront pas,

coing pourrait aussi réclamer aux membres de l'Administration municipale, de 1868 et de 1879, des dommages et intérêts,
pour avoir, sans autorisation préfectorale, loué, pour 1 fr.
par an, un terrain de 1200 mètres, valant de 30 à 40,000 fr.

Les finances de la ville de Tourcoing sont loin d'être dans
un état prospère, et il est bon de faire sentir aux Administrations qu'elles doivent tenir plus de compte de l'intérêt des
contribuables.

V. — Dommages et intérêts au profit de M. Henry
Cockeroft :

La Commission d'enquête rappelle aussi que M. Henry
Cockeroft a droit à une satisfaction pour cette violation de
sépulture, et qu'il peut demander des dommages et intérêts
à ceux qui l'ont privé d'une partie de sa propriété depuis
plus de 12 ans.

Comme le disait M. François Dervaux, dans la séance du
Conseil municipal de Tourcoing, le 9 mai 1879 :

« Cet homme vous a acheté un terrain..... Il en est encore
» le seul propriétaire, et personne de nous ne peut le lui
» reprendre.

» Une faute a été commise, des familles ont été insultées.
» Personne de nous, maintenant, ne voudra se refuser à la
» seule réparation qui reste en notre pouvoir.

» Tout doit rentrer dans l'ordre...... Tous les morts, tous,
» ont droit à nos respects.

» La loi, du reste, qui a toujours le dernier mot, saurait
» rappeler au respect des morts et au respect de la propriété
» des vivants ceux qui tenteraient de s'en écarter. »

En terminant ce rapport sur une affaire aussi difficile à
éclairer, grâce au mauvais vouloir de l'Administration de
Tourcoing, la Commission d'enquête exprime l'espoir que la
loi sera exécutée.

Une Administration, qui aurait dû empêcher la violation
de la loi et l'outrage de nombreuses sépultures par M. l'abbé

Vaast dont elle a été la complice, doit être poursuivie ainsi que M. Vaas.

Si l'on veut que les populations se soumettent aux lois, il faut que ceux qui sont chargés de les appliquer montrent les premiers l'exemple. Quand ils ne le font pas, il faut les faire rentrer dans l'ordre. L'exemple doit venir d'en haut.

Et ce n'est pas au moment où un parti cherche à se mettre au-dessus des lois qu'il faut le laisser libre d'agir selon sa volonté !

VŒU DE LA COMMISSION. — La Commission d'enquête profite de cette occasion pour exprimer à M. le Préfet le vœu qu'il use de son influence pour favoriser le vote d'une loi plus libérale, plus conforme à la liberté de conscience de tous les citoyens, d'une loi qui puisse prévenir tout malentendu, et assure entièrement à l'Administration municipale toute la responsabilité de la police des cimetières, sous le contrôle de l'Administration supérieure et qui abroge l'art. 15 du décret du 23 prairial an XII.

Le présent rapport a été lu devant les membres de la Commission d'enquête réunis chez M. Meurein, son président. Les membres de la Commission, après l'avoir approuvé, ont décidé qu'il serait imprimé et ont, avant de se séparer, apposé leur signature.

Lille, le 24 novembre 1880.

Le Rapporteur,   *Le Président,*

Léon DUCROCQ,   V. MEUREIN.

Les Membres,

Louis LELOIR,   F. DERVAUX,

Victor LEBRAT, P.

CINQUIÈME PARTIE.

PIÈCES JUSTIFICATIVES.

NOTE

SUR LES PIÈCES JUSTIFICATIVES ANNEXÉES AU RAPPORT.

Sur les 35 pièces justificatives ci-jointes, il n'y en a que 5 qui essaient d'être favorables à l'Administration de Tourcoing au moyen de nombreuses erreurs qu'elle a essayé de propager.

Ces 5 pièces, provenant du reste de l'Administration, sont :

1° Le rapport de l'Administration du 12 mars 1868, pièce N° 6 ;

2° Le rapport de l'Administration du 9 mai 1879, pièce N° 14 ;

3° Le rapport de la Commission municipale du 2 avril 1868, N° 9 ;

4° La lettre de M. le Maire à M. Lebrat, du 22 juin 1868, N° 12 ;

5° La lettre de M. le Maire à M. Lebrat, du 23 février 1880, N° 23.

Il reste donc *30 pièces à charge*. La Commission d'enquête avait en outre demandé à l'Administration municipale de Tourcoing 11 autres pièces qu'elle n'a pu ou pas voulu fournir, ce qui aurait porté le nombre des pièces à charge à plus de 40. La Commission d'enquête estime qu'il n'y a aucune pièce à décharge, quoique la plupart de ces pièces aient été placées par l'Administration municipale dans le dossier soumis à la Commission d'enquête à l'Hôtel-de-Ville de Tourcoing.

Pièce Justificative N° 1.

PRÉFECTURE DU NORD.

Tourcoing
Cimetière
protestant.

Enquête
administrative

Nous, Préfet du département du Nord, chevalier de l'Ordre de la Légion-d'Honneur ;

Vu la délibération en date du 4 juillet 1879, par laquelle le Consistoire général de l'église réformée de Lille demande notre intervention dans une question d'aliénation du cimetière protestant de la ville de Tourcoing, opérée par l'administration municipale au mépris de plusieurs concessions qui existaient sur une partie de ce cimetière ;

Vu la protestation exprimée par divers membres du Conseil municipal de Tourcoing ;

Vu le décret du 23 prairial, an XII;

Arrêtons :

Art. 1er. — Une commission de cinq membres ainsi composée :

MM. MEUREIN, inspecteur départemental de la salubrité publique, président;

LEBRAT, pasteur protestant, à Roubaix ;

DUCROCQ, conseiller d'arrondissement à Marcq-en-Barœul ;

Louis LELOIR, conseiller municipal à Tourcoing ;

François DERVAUX, conseiller municipal à Tourcoing ;

est nommée à l'effet de procéder à une enquête administrative sur les faits allégués.

A cet effet, M. le Maire de Tourcoing mettra une salle de la Mairie à la disposition de la Commission et lui fournira tous les documents qu'elle pourrait lui réclamer pour l'exécution de sa mission.

Art. 2. — La Commission nommera son rapporteur et se réunira sur la convocation de son Président toutes les fois qu'il sera nécessaire. Elle m'adressera par l'intermédiaire de son Président son rapport sur l'enquête confiée à ses soins.

Art. 3. — M. le Président Meurein est chargé d'assurer l'exécution du présent arrêté, dont ampliation sera adressée à M. le Maire de Tourcoing pour exécution en ce qui le concerne.

Fait à Lille, le 20 mai 1880.

Signé : PAUL CAMBON.

Pour copie conforme :

Le Conseiller faisant fonctions de Secrétaire général.

Signé : DE PRANEUF.

Pièce Justificative N° 2.

Tourcoing, le 10 mars 1868.

Monsieur le Maire ,

Selon votre désir , je vous remets ci-dessous le relevé des inhumations qui se sont faites dans le cimetière des protestants , dans le lieu des suicidés et dans celui des enfants sans baptême.

Savoir :

Cimetière protestant.

Concession de 30 ans. — L'enfant Bosker , 23 novembre 1869.

—   Sarah Bottomlez, 25 août 1867 .

Fosses communes. — Ernest Eckstien , 14 avril 1861.

—   Jean-Baptiste Six , 28 juillet 1861.

—   Anne-Catherine Schmid , 26 août 1867.

—   L'enfant Sibson, 18 octobre 1867.

Lieu des suicidés.

Hippolyte Panier, 4 décembre 1859.
Pierre Catteau , 20 février 1860.
Pierre Balois, 16 mai 1861.
Louis Baisez, 25 juin 1861.
Louis Delbecque, 14 février 1863.
Constant Blun, 2 avril 1865.

Enfants sans baptême :

Depuis le 5 juillet 1858 jusqu'à ce jour, 10 mars 1868 : EN TOTALITÉ 260.

Je certifie le présent sincère et véritable s'élevant au nombre de 272 décès, dans cette partie du cimetière.

Signé : DELREUX.

Pièce Justificative N° 2 bis.

Relevé des livres du cimetière.

Du 28 juin 1858 à 1859	14
Année 1859	30
— 1860	20
— 1861	22
— 1862	23
— 1863	22
— 1864	26
— 1865	28
— 1866	36
1867	33
Jusqu'au 29 mars 1868	10

Total. 264 inhumations d'enfants.

Pièce Justificative N° 3.

Nous, Maire de la ville de Tourcoing,

Vu l'ordonnance du 6 décembre 1843, dans ses dispositions relatives aux concessions de terrain pour fondations de sépultures privées dans les cimetières ;

Vu le règlement local en date du 9 juin 1858, approuvé par M. le Préfet le 11 du même mois ;

Vu la demande en concession de terrain dans le cimetière de Tourcoing, faite par M. Jean Bosker, caissier en cette ville ;

Arrêtons :

Art. 1er. — Il est concédé, pour l'espace de dix années, à M. Bosker, qui accepte, une portion de terrain de trois mètres superficiels, soit un mètre de largeur sur trois mètres de profondeur, dans le cimetière de cette commune, pour y fonder la sépulture de Ernest Bosker, son fils.

Art. 2. — Cette concession est faite moyennant la somme de 60 francs que le cessionnaire est tenu de verser, dans le délai d'un mois, savoir : deux tiers entre les mains du Receveur municipal et le surplus dans la caisse du bureau de bienfaisance.

Art. 3. — Le concessionnaire paiera, en outre, à qui de droit, les frais de timbre et d'enregistrement du présent acte.

Art. 4. — Il sera tenu de se conformer aux autres dispositions du règlement local ci-dessus visé, enfin à tous règlements concernant la police des cimetières.

Fait en Mairie, à Tourcoing, le deux mai mil huit cent soixante.

Signé : ROUSSEL-DEFONTAINE.

Pour acceptation :

Signé : J. BOSKER.

Approuvé :

Lille, le 8 mai 1860.

Pour le Préfet du Nord,

Le Secrétaire général délégué,

Signé : DUREAU.

Enregistré à Tourcoing, le 9 mai 1860, folio 98, verso cases 6 et 7; reçu vingt-cinq centimes, décimes trois centimes.

Signé : BAUDAT.

Pour copie conforme :

Le Maire de Tourcoing,

Signé : V. DERVAUX, Adjoint.

Pièce Justificative Nº 4.

Ville de Tourcoing.
—
Cimetière.
—
Concession de terrain.

Nous , Maire de la ville de Tourcoing.

Vu l'ordonnance du 6 décembre 1843, dans ses dispositions relatives aux concessions de terrain pour fondations de sépultures privées dans les cimetières ;

Vu le règlement local en date du 9 juin 1858, approuvé par M. le Préfet le 11 du même mois ;

Vu la délibération du Conseil municipal de cette ville, en date du 16 novembre 1858, approuvée par M. le Préfet le 19 du même mois.

Vu la demande en concession de terrain dans le cimetière de Tourcoing, faite par M. Henri Cokeroft, contre-maître en cette ville.

Arrêtons :

Art. 1er. — Il est concédé, pour l'espace de trente années, à M. Henri Cokeroft, qui accepte, une portion de terrain de trois mètres superficiels, soit un mètre de largeur sur trois mètres de profondeur dans le cimetière de cette ville, pour y fonder la sépulture de Sarah Bottomlez, son épouse.

Art. 2. — Cette concession est faite moyennant la somme de cent quatre vingts francs que le concessionnaire est tenu de verser, dans le délai d'un mois, savoir : deux tiers entre les mains du Receveur municipal et le surplus dans la caisse du bureau de bienfaisance.

Art. 3. — Le concessionnaire paiera, en outre, à qui de droit, les frais de timbre et d'enregistrement du présent acte.

Art. 4. — Il sera tenu de se conformer aux autres dispositions du règlement local ci-dessus visé, enfin à tous les règlements concernant la police des cimetières.

Fait en Mairie, à Tourcoing, le vingt décembre mil huit cent soixante sept.

Signé : ROUSSEL-DEFONTAINE,
Pour acceptation :
Signé : HENRI COKEROFT.

Enregistré à Tourcoing, le 26 décembre 1867, folio 21, recto case 2; reçu sept francs quatre-vingts centimes et un franc huit centimes pour décimes.

Signé : A. DESCHAMPS.
Pour copie conforme :
Le Maire de Tourcoing ,
Signé : V. DERVAUX, Adjoint.

Pièce Justificative N° 5.

Patronage
de la paroisse
Notre-Dame.
—
Demande
de M. Vaast.
—
Cession
temporaire
d'un terrain
appartenant
à la ville.

A Monsieur le Maire de la ville de Tourcoing

Monsieur le Maire,

Les deux patronages de jeunes gens que l'Administration de la ville encourage avec tant de bienveillance, et auxquels jusqu'ici elle fournissait si obligeamment un local, viennent de s'établir, vous le savez, sur une base plus large et plus convenable.

Je n'ai point à vous entretenir du patronage de la paroisse de Saint-Christophe qui a eu l'occasion de se constituer dans des conditions tout-à-fait favorables. Un terrain très vaste et une magnifique construction manifestent la générosité des bienfaiteurs et donnent, en même temps, à cet établissement, les qualités nécessaires à son entier développement.

Nous avons été moins heureux sur la paroisse de Notre-Dame.

Le concours des paroissiens ne nous a point fait défaut, il s'est montré au contraire avec d'autant plus d'éclat qu'on y rencontre moins de ressources. Mais le terrain que nous avons trouvé est beaucoup moins étendu, et je dirai presqu'insuffisant pour établir une division, indispensable cependant, entre les jeunes gens d'âge différent.

Je me permets, Monsieur le Maire, de vous signaler cette défectuosité de notre nouvel établissement, parce que l'Administration pourrait peut-être y porter remède, et je ne doute pas qu'elle ne le veuille si la chose lui est possible en réalité.

Voici ce dont il s'agirait :

Au terrain que nous avons acquis est attenant un autre terrain appartenant à la ville et qui sert de jardin au fossoyeur et de cimetière pour les cultes dissidents. Il ne peut-être question ici de demander la translation de ce cimetière, mais, si l'Administration pouvait distraire la partie qui sert de jardin, et l'appliquer à l'usage de notre œuvre, nous trouverions alors un agrandissement qui ne nous laisserait plus rien à désirer.

D'après un calcul fait, sur les lieux, par les soins obligeants de M. Maillard, architecte de la ville, il a été employé de ce terrain, pour les inhumations auxquelles il est destiné, environ vingt-six mètres depuis dix ans.

En admettant que l'on nous accordât la partie correspondante à notre propriété, il resterait à l'usage précité un terrain de deux cents mètres, ce qui permettrait d'y enterrer pendant quarante ans sans renouvellement des fosses, alors même que la moyenne des décès se doublerait. Il ne peut donc y avoir, sous ce rapport, aucun inconvénient à redouter. L'objection qui se présente naturellement est celle-ci : Le cimetière actuel étant déjà restreint, n'est-ce pas le diminuer encore, que d'en soustraire ce que nous vous en demandons ?

Il me semble que la réponse à cette objection est facile ; nous ne demandons rien de ce qui sert actuellement aux inhumations, mais seulement ce qui sert de jardin au fossoyeur. Dans le cas où le cimetière serait agrandi, son agrandissement ne prendra pas du côté de l'agglomération. D'ailleurs, la ville retiendrait la propriété en ne nous en abandonnant que l'usage, soit à titre de location, soit à titre gratuit ; elle pourrait donc, quand elle le jugerait opportun, nous reprendre ce qu'elle nous aurait accordé.

Si l'objet de notre demande, Monsieur le Maire, avait un motif moins légitime, je verrais peut-être moi-même une difficulté à l'obtenir, mais il se rapporte au succès d'une entreprise si éminemment sociale, qu'il est permis de le formuler et d'en espérer la concession lorsqu'on s'adresse à une ville si intelligente des besoins de l'ouvrier, et si empressée à seconder les entreprises qui contribuent à sa moralisation et à son bonheur, lorsqu'on s'adresse à une administration qui partage ses sentiments et qui la représente si noblement.

Vous le savez, Monsieur le Maire, la paroisse de Notre-Dame, moins populeuse absolument que celle de Saint-Christophe, compte relativement un plus grand nombre d'ouvriers ; aussi notre patronage est presqu'autant fréquenté que l'autre ; du reste, le bien se fait corrélativement, les deux œuvres s'enchaînent ; il est par conséquent utile qu'elles puissent s'exercer dans les mêmes conditions. Avec le local que nous avons actuellement, nous serions un peu restreints, et surtout nous réaliserions avec moins de succès la division projetée des grands et des petits, et cette division est le gage de la persévérance des premiers.

Pour toutes ces raisons, Monsieur le Maire, je vous prie de vouloir bien prendre en considération la demande que je vous adresse. S'il m'était permis de me mettre moi-même en cause, je trouverais en cela un encouragement dont je vous offre à l'avance mes sincères remerciments.

J'ai l'honneur d'être, Monsieur le Maire,

Votre très humble et respectueux serviteur,

Signé : G. VAAST,
Président du patronage de Notre-Dame.

Tourcoing, 12 février 1868.

Pièce Justificative N° 6.

Conseil
municipal
de Tourcoing.
—
Séance
extraordinaire
du
12 mars 1868.
—
Rapport
de
l'administration.

Messieurs,

M. l'abbé Vaast, président du patronage de la paroisse Notre-Dame, vient de nous adresser une lettre dans laquelle, après avoir exposé les bienfaits accomplis par les deux patronages fondés dans notre ville, ce que personne ne pourrait nier, et après avoir démontré l'insuffisance de celui que l'on construit en ce moment, près du cimetière, lequel ne permet pas, dans l'état actuel, d'établir deux divisions : une pour les grands, une pour les petits, il sollicite la cession soit à titre gratuit, soit à titre de location, d'une partie du cimetière contiguë à son établissement.

La bande de terrain demandée par M. Vaast sert, actuellement, pour les deux tiers, au jardin du fossoyeur, pour le dernier tiers, à la sépulture des protestants, des enfants morts sans baptême et des suicidés. Le plan que je mets sous vos yeux vous donnera d'ailleurs et d'un seul coup d'œil une idée exacte de la situation des lieux. Assurément si cet emplacement n'était utilisé pour aucun service ou s'il n'était qu'à usage de jardin du fossoyeur, qu'on peut transférer un peu plus loin, rien ne serait plus simple que de donner suite, sous les conditions stipulées par le Conseil, à la demande de M. l'abbé Vaast. Mais tel n'est pas l'état des choses.

En effet, dans le cimetière protestant, il y a eu, depuis 1859, six inhumations dont deux dans des concessions l'une de trente ans, l'autre de dix ans ; dans la partie réservée aux enfants sans baptême, depuis le 5 juillet 1858 jusqu'à ce jour, 260 inhumations ; dans le lieu des suicidés, depuis 1859, six enterrements, dont un concernant un étranger. S'il ne s'agissait que des 12 inhumations relatives aux protestants et aux suicidés, M. Vaast parviendrait peut-être à faire opérer les exhumations dans une autre partie du cimetière communal, en prenant à sa charge tous les frais devant en résulter. Mais il y a encore les 260 enfants sans baptême dont l'exhumation devrait, sans doute, avoir lieu de même et les dépenses, dans ce cas, monteraient à un chiffre assez élevé pour rendre le projet irréalisable.

De ce côté, il y aurait donc une très grande difficulté.

Il resterait cependant un moyen de la surmonter, si l'on voulait seconder M. Vaast dans son entreprise, ce serait de lui céder ou de lui louer, au gré du Conseil, l'emplacement occupé maintenant par le jardin du fossoyeur et de lui permettre, au moyen d'un mur continu, de l'englober dans le patronage. Le seul inconvénient qui résulterait de l'adoption de ce moyen, c'est que cette partie de l'établissement aurait extérieurement une configuration irrégulière, mais le but serait atteint et la division des âges pourrait, comme il convient, avoir lieu sans difficulté.

Telle est, Messieurs, à son double point de vue, la situation de l'affaire et comme cette question renferme plusieurs points délicats à envisager, nous pensons que le Conseil désirera l'étudier avant de prendre une décision. Nous proposons donc de la renvoyer à l'examen d'une Commission de trois membres.

Pièce Justificative N° 7.

EXHUMATIONS.

Vacation du commissaire de police.......................... 8 fr.

Salaire du fossoyeur pour l'exhumation...................... 4

Salaire du fossoyeur pour creusement de la nouvelle fosse..... 3

Salaire de deux porteurs pour les grandes personnes......... 2

Pour les deux cent soixante enfants 3,900 fr. en chiffre rond 4,000 fr.

Pour les douze grandes personnes 204

Pièce Justificative Nº 8.

Tourcoing, le 19 juin 1879.

Monsieur Dervaux,

Vous me demandez des renseignements au sujet de la partie du cimetière cédée pour l'agrandissement du patronage de M. Vaast, alors vicaire de Notre-Dame ; mon rôle fut très-modeste dans cette affaire. J'ai d'abord reçu de M. le Maire une lettre datée du 9 mars 1868, qui me demandait, le nombre de protestants inhumés, dans cette partie, depuis le commencement du cimetière, ainsi que des enfants sans baptême et des suicidés, ce dont je lui ai donné connaissance par écrit et certifié par nous.

Quelques jours après, j'ai reçu la visite de M. l'abbé Vaast me priant de ne pas lui être hostile au projet qu'il avait de demander à M. le Maire la possession de cette partie du cimetière, y compris la portion de terrain que j'occupais pour mes plantes et arbustes. Je lui ai répondu que je ne lui serais pas hostile, mais que la possession immédiate lui aurait été difficilement accordée ; il m'a répondu qu'il s'entendrait, à ce sujet, avec M. le Maire.

Quelques jours plus tard, j'ai reçu la visite de M. le Maire au sujet de l'agrandissement du patronnage, je lui déclarai que, pour moi personnellement, je n'y voyais pas d'inconvénient de céder le terrain que j'occupais mais qu'il y avait, selon moi, une certaine gravité de céder immédiatement le cimetière protestant, enfants sans baptême et suicidés, attendu qu'on avait continué à enterrer jusqu'à ce jour.

M. le Maire me dit alors qu'on aurait fait procéder à l'exhumation de tous les corps qui se seraient trouvés dans le terrain qu'on avait intention de céder au patronage.

Je vous prie, Monsieur, d'agréer mes salutations empressées.

Signe : DELREUX.

Pièce Justificative N° 9.

Messieurs,

Patronage
de la paroisse
Notre-Dame.
—
Demande
de M. Vaast.
—
Rapport
de la Commission
composée de
MM. Herbaux,
Leurent,
Taffin.

L'administration municipale, en vous proposant de confier à l'examen d'une commission la demande de M. Vaast, pour la concession temporaire d'une partie du cimetière communal à la Société de patronage qu'il dirige, émettait l'avis qu'il ne soit pas donné suite à sa demande, quant au terrain affecté aux inhumations des protestants, des suicidés et des enfants sans baptême, mais qu'on lui accordât celle qui sert actuellement de jardin au fossoyeur.

Cette concession donnait au patronage de la paroisse Notre-Dame un agrandissement notable et permettait la division des jeunes gens d'âges différents, but que recherchait M. Vaast en faisant sa demande. Mais ce but ne se trouvait atteint que par des lignes brisées et irrégulières, dont le moindre désagrément serait l'aspect disgracieux et qui auraient pour résultat de rendre la surveillance, toujours indispensable dans ces sortes d'établissements, difficile et inefficace.

Votre commission a pensé répondre à vos intentions, en favorisant, autant que possible, une œuvre essentiellement moralisatrice; elle vient donc vous proposer de permettre l'adjonction au patronage, non seulement du jardin du fossoyeur, mais aussi du terrain affecté aux cultes dissidents, aux suicidés et aux enfants sans baptême; terrain sans lequel la division des enfants d'âges différents ne peut s'effectuer d'une façon bien convenable. Par ce moyen, au contraire, une seule ligne séparative, droite d'un bout à l'autre, partagerait en deux parties la terrasse du patronage et permettrait à la surveillance d'embrasser d'un seul coup d'œil tous les points à la fois.

Mais la loi ne permet d'affermer les terrains affectés aux cimetières, qu'après un délai de cinq années, à dater du jour où ils ne sont plus reconnus utiles.

En présence de cette difficulté, nous avons dû faire à M. Vaast certaines conditions qu'il a acceptées et que nous reproduisons ci-après.

1° La ville cèderait au patronage, *à titre de location*, à raison de un franc par année et pour en jouir de suite, la partie du jardin du fossoyeur, comprise entre le terrain réservé aux cultes dissidents et la ligne C D teintée rouge et le plan ci-joint (*). La ligne C D est le prolongement, en ligne droite de la limite du patronage du côté opposé à la rue.

(*) Voir ce plan plus loin.

2° La portion du jardin actuel du fossoyeur sise entre cette ligne et l'extrémité du cimetière, marquée E F, serait immédiatement affectée aux cultes dissidents ; elle mesurerait 23 mètres de longueur sur 12 mètres de large, soit une superficie de 276 mètres carrés, un peu plus grande que celle affectée actuellement au même emploi. Quant aux suicidés, depuis quelques années déjà, ils sont enterrés dans le cimetière commun et aucun obstacle, même canonique, ne s'opposerait à ce qu'il en fût de même des enfants sans baptême.

3° Quant au cimetière actuel des protestants, des suicidés et des enfants sans baptême, après le délai de cinq ans fixés par la loi, il serait adjoint au patronage au même titre de location que le jardin du fossoyeur sus-indiqué ; mais le directeur du patronage devrait faire opérer de suite et à ses frais, dans le nouveau cimetière toutes les exhumations qui seraient possibles ; néanmoins les haies séparatives de l'ancien cimetière devront être maintenues pendant les cinq ans.

4° Le patronage devra construire, à ses frais, une muraille séparative, haute de 4 mètres ; celle qui est à établir suivant la ligne G B C devra se trouver à deux mètres du cimetière commun, de façon à ménager une allée de même largeur pour permettre de se rendre de la rue au cimetière des cultes dissidents, sans passer par le cimetière commun.

5° Si les familles à qui appartiennent les deux concessions dont l'emplacement est teinté rouge sur le plan ci-joint, répugnaient à la translation de ces concessions dans le nouveau cimetière, ladite muraille séparative serait reportée à 4 mètres du cimetière commun au lieu de 2 mètres, de façon à ce que les terrains concédés soient contenus entre la limite du patronage et celle du cimetière commun.

6° La ville se réserverait le droit de rentrer, à sa première volonté, dans la possession des terrains cédés et pourrait exiger la démolition des murailles et autres constructions de façon à ce que les choses soient remises en leur état actuel.

Si vous adoptiez ces propositions, Messieurs, le patronage de la paroisse Notre-Dame se trouverait installé dans de bonnes conditions ; et le respect religieux que nous devons à tous ceux qui ne sont plus aurait été doublement observé, par le délai légal des cinq ans et par le transport de leurs restes dans le nouveau cimetière.

Nous vous proposons donc d'accueillir la demande de M. Vaast sous les conditions ci-dessus stipulées.

Pièce Justificative N° 10.

Denain, 29 avril 1879.

Cher Monsieur le Vicaire,

Vous voulez bien m'informer qu'il a été question de moi au Conseil municipal de Tourcoing, relativement au patronage et vous me demandez des renseignements à ce sujet. Je vous remercie de votre bienveillante communication et voici les renseignements que vous désirez.

Le Conseil municipal de Tourcoing m'avait d'abord autorisé à utiliser une partie seulement du terrain qui est actuellement affecté au patronage, parce que l'autre partie ne pouvait recevoir une autre destination jusqu'au délai légal de cinq ans à dater de la dernière inhumation. — Mais, sur mon observation qu'il eût été plus convenable de faire une muraille droite à partir de la rue jusqu'à l'extrémité de notre local, on m'accorda de faire cette muraille à la condition de laisser un enclos réservé avec porte sur le cimetière commun, jusqu'au moment déterminé par la loi. Il y eut même une Commission chargée de venir sur les lieux et de déterminer la manière dont les choses s'accompliraient. Faisaient partie de cette Commission MM. Leurent, Herbaux, Taffin.

Je puis vous affirmer sans crainte de démenti que je me suis en tout conformé à la décision et aux conditions de cette Commission et de l'Administration.

Ainsi : l'enclos fut établi et il existait encore à mon départ. Il y avait deux concessions auxquelles on ne pouvait toucher sans le consentement des ayants droit ; l'Administration eut la bonté de leur proposer l'exhumation et la translation dans une autre concession. Ils ne voulurent point consentir et l'on respecta leur droit en reculant la muraille en deça de leur concession, ce que vous pouvez constater.

Quant aux travaux d'appropriation du terrain concédé au patronage, ils furent exécutés par M. Alexandre Dervaux lui-même avec l'aide de ses propres ouvriers. Le caractère d'honorabilité de cet excellent Monsieur, que vous n'avez peut-être pas connu, l'abrite contre le soupçon d'avoir en ceci manqué aux conditions imposées par l'Administration comme aussi au respect dû à la dépouille des morts.

Notez bien que j'étais intime ami de M. Alexandre Dervaux et que je n'ai rien fait, en ce qui concerne l'établissement du patronage, que de concert avec lui. Il ne se doutait pas, sans doute, qu'en me prêtant son concours il dut aussi partager un jour le blâme qu'on inflige à ma manière d'agir.

Vous voyez, mon cher Monsieur, qu'on ne doit point attendre de la terre la récompense du bien que l'on fait. Je connais assez votre foi et votre charité pour savoir que vous n'y trouverez pas un motif de vous décourager.

Veuillez agréer l'assurance de mon affectueux et respectueux dévouement.

Signé : G. VAAST. Curé.

Pièce Justificative N° 11.

Eglise réformée
de France.

—

Consistoriale
de Lille.

—

Conseil
presbytéral
de Roubaix.

A Monsieur le Maire de la ville de Tourcoing ,

Monsieur le Maire **,**

J'avais entendu dire qu'il était question d'opérer le déplacement du cimetière protestant de Tourcoing et j'ai été à l'Hôtel-de-ville , un jour de la semaine dernière, avec mon collègue Monsieur le Pasteur Faulkner, espérant que nous aurions l'honneur de vous voir et que nous aurions , par vous, des renseignements sur ce projet de la municipalité. Nous avons eu le regret de ne pas arriver à l'heure où vous siégez à l'Hôtel-de-ville ; mais , en votre absence , nous avons obtenu d'un employé de la mairie quelques renseignements qui confirment la réalité du projet en question. Nous avons été aussi visiter le cimetière et notre surprise a été grande lorsque nous avons vu que le projet était déjà en voie d'exécution. On a pris , en effet , les deux tiers au moins du terrain affecté à la sépulture des protestants pour les enclaver dans la cour d'un établissement religieux catholique et on n'a laissé qu'une parcelle de terre de deux mètres de large renfermée entre l'ancienne haie et les constructions qui s'élèvent dans notre cimetière.

Ces faits nous semblent être une violation formelle de l'esprit et de la lettre du décret du 23 prairial an XII, sur les sépultures. D'après le titre II de cette loi concernant l'établissement des nouveaux cimetières , lorsqu'il y a lieu d'abandonner les cimetières pour en établir de nouveaux, dès que ces derniers sont préparés , les anciens demeurent fermés et dans l'état où ils se trouvent, sans que l'on puisse en faire usage pendant cinq ans. — A partir de cette époque , ils pourront être ensemencés ou plantés sans qu'il puisse y être fait aucune fouille ou fondation pour des constructions de bâtiments jusqu'à ce qu'il en soit autrement ordonné.

D'après l'article 17 de la même loi , les autorités locales sont spécialement chargées de maintenir l'exécution des lois et règlements sur les lieux de sépulture et d'empêcher qu'on s'y permette aucun acte contraire au respect dû à la mémoire des morts.

Nous venons donc vous signaler ces faits, Monsieur le Maire, en vous priant de vouloir bien prendre les mesures que vous trouverez sages et convenables pour faire respecter les lois sur les cimetières en ce qui concerne notre culte. Si nous laissions violer ces lois à notre égard, surtout sous une Administration aussi sage et aussi bienveillante que la vôtre, nous laisserions s'établir un précédent fâcheux qui autoriserait les populations très catholiques de Tourcoing, à méconnaître ou mépriser nos droits en mainte occasion.

En second lieu, Monsieur le Maire, puisqu'il est question d'établir un nouveau cimetière pour le culte protestant, je dois profiter de cette occasion pour vous prier de vouloir bien veiller à ce que le nouveau cimetière soit convenablement et honorablement installé. Souvent et c'était le cas pour notre cimetière de Tourcoing, souvent, dis-je, l'Administration donne aux protestants un coin de terre attenant à la partie des suicidés et des enfants morts sans baptême. Cette partie du cimetière passe pour une place infamante aux yeux des populations; en sorte que c'est une note d'infamie qu'on nous inflige à tort, en nous confondant avec les suicidés.

Si le clergé de l'église romaine avait la police des cimetières, nous comprendrions les motifs qui le porteraient à flétrir ainsi les cultes dissidents; mais cette police étant entre les mains de l'administration municipale, nous nous trouvons sur un terrain purement légal et nous venons à vous comme citoyens ayant les mêmes droits et les mêmes devoirs que les catholiques. L'administration municipale n'a pas de motif de reléguer nos morts dans une portion infamante du cimetière. Cela n'arrive guère du reste que dans les communes rurales où l'administration influencée par le clergé ne fait que suivre ses directions en ce qui concerne la question des sépultures non catholiques. Nous ne croyons pas que la loi établisse de distinction entre les suicidés ou enfants morts sans baptême et les autres morts. Les seules distinctions légales ne concernent que la diversité des cultes.

En résumé, M. le Maire, nous attendons de votre impartialité et de votre bienveillance, que vous voudrez bien tenir la main à ce que rien de contraire aux lois et à la dignité de notre communion ne s'accomplisse, soit en ce qui concerne l'ancien cimetière qu'il s'agit d'abandonner, soit en ce qui concerne l'emplacement et les convenances du nouveau cimetière protestant qu'il est question d'établir.

J'ai l'honneur d'être, Monsieur le Maire, avec beaucoup de respect, votre très humble et très dévoué serviteur.

Roubaix, le 13 juin 1868.   V. LEBRAT,

Pasteur de l'Eglise réformée de Roubaix, comprenant les cantons
de Roubaix, Tourcoing, Lannoy et Cysoing.

Pièce Justificative n° 12.

Tourcoing, le 22 juin 1868.

M. Lebrat, pasteur de l'église réformée,

Roubaix.

Département
du Nord.

Ville
de Tourcoing.

J'ai pris connaissance de la lettre que vous m'avez fait l'honneur de m'écrire le 13 de ce mois, au sujet du déplacement de la partie du cimetière communal affectée aux membres du culte dissident.

Tout d'abord, je me hâte de vous dire qu'avant même de recevoir votre réclamation, l'administration qui doit respecter et sauvegarder tous les intérêts sans distinction quelconque, et qui, d'ailleurs, connaît parfaitement la législation sur le point en question, avait pris des dispositions pour changer une situation créée par des circonstances indépendantes de son action et pour lui enlever ce qu'elle devait avoir de pénible pour vos coréligionnaires.

Il résulte en effet des mesures prescrites, que le cimetière à affecter désormais aux protestants sera tout à fait conforme aux désirs dont vous m'entretenez, c'est-à-dire qu'il ne sera plus attenant à la partie réservée aux suicidés. Quant aux enfants sans baptême, ils sont enterrés dans le cimetière catholique, sans distinction d'emplacement.

En ce qui concerne l'ancien cimetière des protestants, je sais que, conformément à la législation on doit le laisser fermé pendant cinq ans, à dater de la dernière inhumation qui y a été effectuée et qu'après ce laps ¦de temps, il doit encore être soumis à certaines restrictions en ce qui touche à l'usage qu'on veut en faire. Les prescriptions réglementaires seront scrupuleusement observées. On a dû construire le mur du patronage sur une partie de ce cimetière, mais cette partie n'avait jamais servi à aucune inhumation, il n'y avait donc aucun inconvénient. J'ai donné les ordres nécessaires pour que tout le terrain de l'ancien cimetière protestant soit réservé et, à cet effet, on va réparer la haie que la construction du mur a un peu endommagée. Le mur qui a été élevé ne pourra en rien gêner l'accès dans toutes les parties du cimetière, attendu qu'une porte a été ménagée dans ce mur pour que les communications soient aussi faciles que possible.

Comme vous le voyez, M. le Pasteur, vos susceptibilités, que j'apprécie parfaitement, ont trouvé pleine et entière satisfaction, avant même de se produire et je suis heureux de vous en donner l'assurance.

Agréez, etc.

Le Maire de Tourcoing,
Signé : ROUSSEL-DEFONTAINE.

Pour copie conforme :
Le Maire de Tourcoing,
Signé : V. DERVAUX, Adjoint.

Pièce Justificative N° 13.

Tourcoing, le 23 avril 1879.

Monsieur le Maire,

Le Conseil municipal, par une délibération en date du 2 avril 1868, a cédé temporairement à M. Vaast, pour la joindre à son patronage, une partie du cimetière communal affectée aux inhumations des enfants morts sans baptême, des protestants et des suicidés.

Cette cession a été faite à M. Vaast aux conditions suivantes proposées par le rapporteur de la Commission :

1° La ville cèderait, à titre de location (un franc par an), pour en jouir de suite, le jardin du fossoyeur ;

2° Une portion du jardin du fossoyeur (12 mètres sur 23 ou 276 mètres) serait immédiatement affectée aux cultes dissidents;

3° Quant au cimetière actuel des protestants, des suicidés et des enfants sans baptême, après le délai de 5 ans, fixé par la loi, il serait adjoint au patronage au même titre de location que le jardin du fossoyeur. Mais le directeur du patronage ferait, de suite, à ses frais, les exhumations, dans le nouveau cimetière ; néanmoins les haies seraient maintenues pendant 5 ans;

4° Le patronage devra construire, à ses frais, une muraille séparative de quatre mètres. Celle qui est à établir suivant la ligne G B C devra se trouver à 2 mètres du cimetière commun, pour se rendre, de la rue, au cimetière dissident, sans passer par le cimetière commun.

5° Si les familles propriétaires des deux concessions (de 10 ans et de 30 ans) répugnaient à la translation, ladite muraille séparative sera reportée à 4 mètres au lieu de 2 mètres, de façon à ce que les concessions soient entre le patronage et le cimetière commun.

Le rapport termine en disant :

Si vous adoptez ces propositions, le patronage sera installé dans de bonnes conditions, et le respect religieux doublement observé par le délai légal de 5 ans et par les transports, etc.

D'après des renseignements qui me paraissent avoir un caractère sérieux d'exactitude, la loi et le respect des morts auraient été violés dans cette affaire.

Les conditions imposées à Monsieur Vaast n'auraient pas été observées par lui.

Je crois, Monsieur le Maire, devoir appeler l'attention de l'Administration et du Conseil municipal sur une situation qui blesse à la fois les prescriptions formelles de la loi et les sentiments de respect dû aux morts, et je viens vous prier, à moins que l'Administration ne juge convenable d'en prendre l'initiative, de soumettre, en mon nom, au Conseil municipal, dans sa prochaine session, la proposition de retrait, au patronage, du terrain profané et son retour au cimetière communal.

Veuillez agréer, Monsieur le Maire, l'assurance de ma considération distinguée.

Fʀ. DERVAUX,
Conseiller municipal.

Pièce Justificative N° 14.

RAPPORT DE LA COMMISSION MUNICIPALE.

1879
Session de mai.
—
Séance du 9.

Messieurs ,

Dans une récente visite faite à l'un des membres de l'administration, l'un de nos collègues du Conseil municipal a fait connaître ce qui suit : D'après les renseignements par lui recueillis , lors de l'étude qu'il a entreprise de la question du cimetière, une surface importante de notre cimetière a été annexée, à titre précaire , au patronage de Notre-Dame moyennant certaines conditions imposées par le conseil municipal le 2 Avril 1868. Or , selon les informations prises , ces conditions n'auraient pas été respectées. En conséquence , notre collègue a eu l'obligeance de prévenir l'administration de son intention de saisir l'assemblée communale de la question et de provoquer telles mesures qui paraîtraient utiles.

Précisant par écrit les points qu'il désirait élucider , notre collègue nous a remis , à la date du 23 avril dernier , une lettre dont nous croyons devoir vous donner lecture.

1° Lettre de M. F. Dervaux , N° 13.

. . . .

Ainsi donc M F. Dervaux :

D'abord émet l'avis que la cession , à titre précaire , faite en 1868 , au patronage de Notre-Dame , par suite de l'inobservation des conditions imposées par le conseil municipal , blesse les prescriptions de la loi et les sentiments de respect dus aux morts.

Ensuite il formule la proposition de retirer au patronage le terrain qu'il dit profané et d'en exiger le retour au cimetière communal.

L'affaire, ainsi présentée, paraît offrir une certaine gravité et semble faire retomber sur l'administration une évidente responsabilité.

Pour être à même de juger la question, il convient de remonter à l'origine, d'examiner quelle a été l'attitude de l'administration, quelle a été la résolution du conseil municipal, de voir comment on a rempli les conditions imposées à la cession du terrain. S'il y a eu quelque irrégularité commise, il sera facile alors de savoir à qui en incombe la responsabilité.

Le 12 février 1868, M. Vaast, vicaire de l'Eglise Notre-Dame et président du patronage de cette paroisse, écrivit une lettre pour démontrer que l'exiguité des terrains affectés au patronage ne permettait point d'établir, pour les récréations, une division indispensable entre les jeunes gens d'âges différents et pour demander la location du jardin du fossoyeur. Le pétitionnaire avait soin de spécifier qu'il ne demandait rien de ce qui servait alors aux inhumations et d'ajouter qu'il ne pouvait être question de demander la translation du cimetière servant aux cultes dissidents. Cette réserve cadrait bien avec l'esprit de tolérance d'un prêtre qui a laissé, en cette ville, les meilleurs souvenirs et qui ajoutait dans sa demande la phrase suivante : « D'ailleurs la ville retiendrait la propriété en ne nous en abandonnant que l'usage, soit à titre de location, soit à titre gratuit ; elle pourrait donc quand elle le jugerait opportun, nous reprendre ce qu'elle nous aurait accordé. »

A la date du 12 mars 1868, après avoir été l'objet de démarches de divers côtés, l'Administration se décida à soumettre l'affaire au Conseil municipal. Elle entrevoyait des difficultés et des points délicats au sujet de l'annexion, qu'en définitive on sollicitait pour toute la bande de terrain comprenant, indépendamment du jardin du fossoyeur, les cimetières spéciaux des protestants, enfants sans baptême et suicidés. Aussi proposa-t-elle la cession seulement du jardin du fossoyeur et demanda-t-elle le renvoi de l'affaire à une Commission de trois membres, qui furent MM. Herbaux-Tibeauts, Jules Leurent et Taffin.

A la date du 2 avril 1868, la Commission produisit son rapport. On y lit le passage ci-après : « Votre Commission a pensé répondre à vos intentions » en favorisant, autant que possible, une œuvre essentiellement moralisatrice ; » elle vient donc vous proposer de permettre l'adjonction au patronage non » seulement du jardin du fossoyeur, mais aussi du terrain affecté aux cultes » dissidents, aux suicidés et aux enfants sans baptême ; terrain sans lequel » la division des enfants d'âges différents ne peut s'effectuer d'une façon bien » convenable. Par ce moyen, au contraire, une seule ligne séparative, » droite d'un bout à l'autre, partagerait en deux parties la terrasse du » patronage et permettrait à la surveillance d'embrasser d'un seul coup d'œil » toutes les parties à la fois ; mais la loi ne permet d'affermer les terrains

» affectés aux cimetières qu'après un délai de cinq années à dater du jour où
» ils ne sont plus reconnus utiles.

» En présence de cette difficulté, nous avons dû faire à M. Vaast certaines
» conditions qu'il a acceptées et que nous reproduisons ci-après. »

Suivent ces conditions rappelées dans la lettre de M. F. Dervaux.

Les conditions ont-elles été remplies, notamment les deux concessions décennale
et trentenaire ont-elles été transférées, ou bien la muraille du patronage
a-t-elle été construite à 4 mètres de la haie du cimetière commun ?

Nous venons de faire dresser un plan de la situation actuelle des lieux par
le directeur de la voirie. Ce plan démontre que les deux concessions ont été
laissées en dehors du patronage dont la muraille est à 3 mètres 83 centimètres
de la haie de clôture du cimetière commun. Quant aux autres conditions, elles
ont été observées, comme le spécifie un document qui sera produit tout à
l'heure.

Nous pouvons ajouter que tout le terrain cédé par la ville est à usage de
cour, qu'il n'y a été fait aucune fouille et que ses deux extrémités seules,
où il n'y a eu aucune inhumation, sont affectées à des jeux d'arc et de boule.

Ainsi donc, il n'y a pas eu de violation de sépulture comme le pensait
M. F. Dervaux et le blâme qui semblait devoir retomber, non pas sur
l'Administration, qui avait fait preuve de prudence, mais sur le Conseil
municipal, se trouve être sans portée.

Y avait-il lieu d'ailleurs d'incriminer la décision prise en 1868 ? C'est
toujours une chose grave que blâmer les actes de ses prédécesseurs dans une
assemblée. Car il est de la nature humaine d'errer. Nous pourrions commettre
aussi des erreurs et nous serions également passibles du blâme de nos suc-
cesseurs.

Cependant, si les choses ne s'étaient point passées régulièrement, légale-
ment, nous aurions été l'objet de réclamations, car, dès le 13 juin 1868,
M. le pasteur de la paroisse de l'église réformée de Roubaix, qui ne s'était
pas rendu compte de la situation des choses et des lieux, nous avait écrit pour
se plaindre de la construction de la muraille du patronage et pour réclamer
en faveur du cimetière protestant transféré une place plus honorable, plus
éloignée des suicidés, que celle qui avait été précédemment choisie. Dans
notre réponse du 22 juin, nous avons informé M. le Pasteur que la muraille
avait été établie sur un terrain n'ayant jamais servi à aucune inhumation ;
nous lui avons fait connaître que désormais le cimetière protestant ne serait
plus attenant à la partie réservée aux suicidés et que les enfants sans baptême
seraient enterrés dans le cimetière catholique sans distinction d'emplacement.

L'attention de M. le pasteur de Roubaix ayant été appelée sur une question qui intéressait son culte, tout ce qui aurait pu laisser à désirer n'eût pas manqué de provoquer des réclamations de sa part. Or, aucune autre correspondance n'a été échangée avec nous. Donc, tout s'était, en définitive, passé à sa satisfaction ! ce qui confirme l'exposé que nous venons de faire ci-dessus. Des renseignements plus précis pourraient d'ailleurs vous être donnés sur ce point par un membre du Conseil municipal de l'époque qui est resté notre collègue.

Ainsi donc, il n'y a pas eu de violation de sépulture dans le cimetière protestant, il n'y a pas eu oubli des prescriptions de la loi, et c'était le grief le plus grave de M. F. Dervaux.

Quant aux enfants sans baptême, il suffit de faire observer que, dans une ville comme la nôtre, où les enfants sont baptisés dès les premiers instants de leur naissance et trouvent place conséquemment dans le cimetière général lorsqu'ils viennent à décéder, il faut considérer sous cette dénomination d'enfants sans baptême plutôt des embryons que des corps formés. Dès lors la décomposition naturelle de leurs dépouilles se fait au bout de très peu de temps et ce qu'il peut en rester devient insaisissable, et à leur égard, ce serait sans doute abuser de l'expression que dire qu'il eût pu y avoir violation de sépulture.

Conséquemment, il semble qu'il ne pouvait y avoir lieu à exhumation. D'un autre côté, nous le répétons, sur l'emplacement qui leur était réservé, il n'y a eu aucune fouille et la muraille a été établie sur un tracé où il n'y avait eu aucune inhumation.

A cet égard encore, il apparaît donc que le blâme si sévère de notre collègue est sans objet.

D'un autre côté, nous avons au dossier une lettre de M. Vaast adressée à M. Leroux, son successeur comme président du patronage. Dans cette lettre M. Vaast déclare qu'il s'est conformé scrupuleusement à la décision de la commission et du Conseil municipal, et que les travaux d'appropriation ont été faits par les ouvriers de M. Alexandre Dervaux.

Pour conclure, nous dirons que nous ne pensons pas qu'il y ait lieu de reprendre la parcelle cédée au patronage. Cet établissement rend d'immenses services à la population ouvrière de notre ville, tout le monde le sait. La parcelle dont on propose la distraction est indispensable pour assurer la division entre les deux catégories de jeunes gens. Si donc nous songions à porter atteinte à cette œuvre, en lui retirant le moyen de compléter les agencements qui lui sont nécessaires, il est probable que la population viendrait protester en masse contre notre décision.

Nous estimons que M. Dervaux, renseigné par les explications précédentes, appréciera, comme nous, qu'il n'y a pas lieu de donner suite à sa proposition et qu'il convient de laisser au patronage la jouissance de la parcelle qui lui a été cédée d'une façon précaire en 1868.

Pour le cas, où le Conseil municipal ne croirait pas devoir statuer séance tenante, nous demanderions qu'une commission de 5 membres fût chargée d'examiner les lieux et les pièces du dossier et de donner son avis sur la proposition dont le conseil est saisi.

Pièce Justificative N° 16.

Tourcoing, le 12 mai 1879.

Monsieur le Maire,

Je viens vous prier de me faire donner, par une communication écrite :

1° Les mesures exactes, en longueur et en largeur, de la bande de terrain comprise entre la muraille du patronage et la haie qui séparait le cimetière catholique du terrain affecté aux inhumations des enfants sans baptême, des protestants et des suicidés ;

2° La copie certifiée conforme de la partie du plan du cimetière relative à cette portion de terrain.

Je sollicite cette communication dans le délai le plus rapproché et, en même temps, un avis qui me permettra d'être présent lorsqu'on fera le relevé des mesures de cette partie du cimetière.

Comme il se trouve une concession de 30 ans sur la portion qui fait l'objet de ma demande, je vous prierai encore de vouloir bien donner les ordres nécessaires pour qu'il ne soit rien changé à la disposition de cette bande de terrain et pour que l'emplacement de la susdite concession soit bien indiqué par des lignes apparentes et fixes, afin que le propriétaire puisse retrouver facilement la place où il a déposé les restes de sa femme, lorsqu'il reviendra à Tourcoing.

Veuillez agréer, Monsieur le Maire, l'assurance de ma considération très distinguée.

F. DERVAUX,
Conseiller municipal.

Pièce Justificative N° 17.

Tourcoing , le 16 juin 1879.

Monsieur ,

Vous m'avez fait l'honneur de m'écrire le 12 mai dernier , pour me demander communication de divers renseignements et pour réclamer copie certifiée conforme des plans concernant la question du patronage Notre-Dame.

L'Administration croit d'autant moins pouvoir livrer copie des plans que ces documents reposent sur des données incertaines , que les derniers ne sont dressés que d'après des renseignements verbaux et qu'ils se contredisent entre eux par rapport au premier. Il serait donc impossible de les certifier comme étant l'expression d'une vérité incontestable.

Il est, d'ailleurs , en dehors de tous les usages administratifs de délivrer des pièces de ce genre , si ce n'est pour des cas prévus par les lois et règlements et pour des besoins nettement définis.

Agréez, Monsieur , l'assurance de ma considération très distinguée.

Le Maire de Tourcoing ,
Signé : V. DERVAUX, adjoint.

Pièce Justificative N° 18.

CONSISTOIRE DE LILLE (Nord).

Extrait du registre des délibérations du Consistoire.

Séance du Jeudi 3 juillet 1879.

Eglise réformée
de France.
—
Objet :
Cimetière
protestant
de Tourcoing.

Profanation.

Sont présents : MM. les pasteurs De Visme, Lebrat, Ollier, Quiévreux, Funck et MM. les anciens Hoschtetter, Baebler, Guillemont, Isaac Holden, Elie Richez, David Kyd, Cyrille Bauduin, Jacob Blondiaux, Noël Basquin et Chantraine.

Sont absents : M. le pasteur Schmidt, et MM. les anciens Voets, Méresse, Mériaux et de Mollins.

M. le Pasteur de la paroisse de Roubaix expose au consistoire qu'en 1868, l'administration municipale de la ville de Tourcoing, contrairement au titre II du décret du 23 prairial an XII sur les sépultures, prit les deux tiers du terrain formant le cimetière protestant pour les mettre à la disposition d'un établissement catholique romain. Depuis environ 10 ans que M. Lebrat était pasteur à Roubaix, six enterrements protestants avaient eu lieu dans ce cimetière ; deux concessions, l'une de 10 ans et l'autre de 30 ans, y avaient été acquises par des familles protestantes.

M. le Directeur du patronage catholique, sans tenir compte des délais exigés par la loi précitée, se mit immédiatement à l'œuvre pour enfermer par une muraille, dans la cour de son établissement, le terrain qui lui était si complaisamment concédé au détriment des convenances dues à notre culte.

Dès qu'il fut informé de ce qui se passait, M. Lebrat écrivit, à la date du 13 juin 1868, à M. le Maire de Tourcoing, pour protester contre la violation ormelle de l'esprit et de la lettre de la loi. Il rappelait à ce magistrat, qu'aux termes du titre II du décret du 23 prairial an XII, lorsqu'il y a lieu d'abandonner les cimetières pour en établir de nouveaux, dès que ces derniers sont préparés, les anciens demeurent fermés et dans l'état où ils se trouvent sans que l'on puisse en faire usage pendant 5 ans ; à partir de cette époque, ils pourront être ensemencés ou plantés sans qu'il puisse y être fait aucune fouille ou fondation pour des constructions de bâtiments jusqu'à ce qu'il en soit autrement ordonné.

M. Lebrat rappelait également à M. le Maire que, d'après l'article 17 de la même loi, les autorités locales étaient spécialement chargées de maintenir l'exécution des lois et règlements sur les lieux de sépulture et d'empêcher qu'on s'y permette aucun acte contraire au respect dû à la mémoire des morts.

En conséquence, M. le Pasteur de Roubaix priait M. le Maire de Tourcoing de faire respecter la loi sur les cimetières à l'égard du culte protestant.

M. le Maire répondit, à la date du 23 juin 1868, que l'administration connaissait parfaitement la législation sur le point en question... qu'elle avait pris des dispositions pour changer une situation créée par des circonstances indépendantes de son action... Que les prescriptions réglementaires seraient scrupuleusement observées... Qu'on avait dû construire le mur du patronage sur une partie du cimetière qui n'avait jamais servi à aucune inhumation. Que des ordres étaient donnés pour que tout le terrain de l'ancien cimetière fût réservé. La lettre de M. le Maire concluait ainsi : Comme vous le voyez M. le Pasteur, vos susceptibilités que j'apprécie parfaitement ont trouvé pleine et entière satisfaction avant même de se produire et je suis heureux de vous en donner l'assurance.

Malgré des contradictions qu'il eût été facile de relever dans la lettre de M. le Maire, il était difficile de ne pas tenir compte des assurances qu'il voulait bien nous donner. Le Pasteur peut-être trop confiant dans ces assurances, comptait que l'administration de Tourcoing saisirait librement et spontanément les moyens et l'occasion favorable pour remettre tout en ordre selon la légalité. Par un sentiment de délicatesse il ne crut pas avoir besoin d'insister pour obtenir satisfaction, après la lettre de M. le Maire. Quelque temps après il faisait une absence d'un an, pour motif de santé. Cette absence ne lui permit pas de suivre l'exécution des mesures promises.

La question en était restée là, lorsqu'au mois de mai dernier, elle revint à l'ordre du jour du conseil municipal. Elle y fut discutée longuement, contradictoirement et vivement. Les détails de cette discussion ont été publiés avec l'autorisation de l'administration municipale, par la *Gazette de Tourcoing* et reproduits par le *Journal de Roubaix*. Par cette publicité la question quoique ancienne est redevenue actuelle. Le *Progrès du Nord* du 26 mai dernier publiait, sous le titre de : « Un Scandale », un article relatif à cette affaire dont voici la conclusion : De tout ceci il résulte, que, grâce à la complicité de ceux qui auraient dû empêcher le fait de se produire et en poursuivre l'auteur, l'Abbé directeur du patronage a audacieusement violé la loi et outragé de nombreuses sépultures.

La gravité de ces affirmations n'échappera pas au consistoire. La dignité de notre culte et le respect dû à nos morts y sont directement et publiquement engagés.

Il est vrai de dire que l'Administration municipale dans un rapport fait à la séance du conseil municipal du 9 mai dernier, tend à établir qu'il n'y pas eu de violation de sépultures ; mais d'autre part l'honorable Monsieur François Dervaux, membre de ce conseil, affirme le contraire avec beaucoup d'autorité. Dans tous les cas il semble demeuré acquis d'une manière générale : 1o Que la loi a été violée par la prise de possession d'une partie du cimetière sans tenir compte des délais ; 2o Que les choses en sont restées en l'état où elles étaient lorsque le Pasteur écrivit au maire de Tourcoing sa lettre de protestation du 13 juin 1868 ; 3o Que les promesses formelles faites par M. le Maire au Pasteur le 22 juin 1868 sont restées sans effets. Ces promesses disaient que les prescriptions réglementaires seraient scrupuleusement observées, ce qui n'aurait pas eu lieu d'après M. Dervaux ; que des ordres étaient donnés pour que tout le terrain de l'ancien cimetière fût réservé, ce qui n'aurait pas été fait non plus, d'après le même membre du Conseil.

Pour connaître la vérité, il faudrait faire une enquête sur les lieux. Le conseil presbytéral de la Paroisse de Roubaix l'aurait poursuivie directement s'il avait cru pouvoir la faire d'une manière utile ; mais il a pensé qu'il lui serait impossible d'obtenir les renseignements indispensables. Le consistoire lui-même ne semble pas être en état de pouvoir, mieux que le conseil presbytéral ou le Pasteur mener à bonne fin des recherches de cette nature, car en admettant que l'administration municipale eût la bienveillance de donner communication de tous les documents qu'elle possède sur la cause, le patronage catholique refuserait très probablement de faciliter la mission des commissaires enquêteurs du Consistoire.

Il reste, pensons-nous, un seul moyen au Consistoire pour exercer l'action que lui imposent, comme un devoir, les intérêts spirituels et la dignité de notre Communion publiquement engagés dans cette affaire ; c'est de prier M. le Préfet du Nord de vouloir bien ordonner une enquête administrative sérieuse, et, s'il y avait lieu, de prendre toutes les mesures qu'il jugerait convenables pour assurer le respect des lois et règlements sur les lieux de épulture.

Tel est le vœu que le conseil presbytéral de la Paroisse de Roubaix a chargé ses délégués de soumettre au vénérable Consistoire.

Le Consistoire, après avoir entendu ce rappport de M. le Pasteur de Roubaix.

Considérant que cette question ne peut être vidée que par une enquête très circonstanciée faite sur les lieux et par l'examen des pièces administratives qui se rapportent à la concession de cette partie du cimetière, enquête qu'il n'appartient qu'à M. le Préfet de faire;

Arrête :

Monsieur le Préfet sera instamment prié de vouloir bien ordonner qu'une enquête administrative soit faite :

1° Sur la cession en 1868 d'une partie du cimetière communal de Tourcoing comprenant entre autres la partie de ce cimetière réservée au culte protestant;

2° Sur les mesures prises par M. le Maire de Tourcoing pour que cette cession et translation du cimetière ne se fît pas en violation des prescriptions de l'article 2 du titre 1er de l'ordonnance royale des 6 décembre 1843 et 1er janvier 1844.

Le Secrétaire,
J.-B. GUILLEMONT.

Pour extrait conforme :
Le Président,
E. DE VISME.

Pièce Justificative Nº 19.

Tourcoing.
—
Profanation
du cimetière
protestant.

Lille, le 4 septembre 1879.

Monsieur le Maire,

Par une lettre du 28 août, M. le Président de la Consistoriale de Lille me transmet une délibération du 3 juillet dernier, par laquelle cette Assemblée sollicite mon intervention dans une question d'aliénation, par la ville de Tourcoing, d'une partie du cimetière protestant, au mépris de plusieurs concessions qui existaient dans cette partie du cimetière.

Le Consistoire demande instamment qu'une enquête soit faite à cet égard et qu'il soit fait droit à sa réclamation.

Le Conseil municipal ayant été saisi dans la session de mai de cette question par l'un de ses membres, vous devez avoir, Monsieur le Maire, tous les documents qui permettent d'établir s'il y a eu violation de sépulture, comme le prétendent les membres du Consistoire.

A cet effet, je vous prie de m'adresser, sous le plus court délai, un plan à l'échelle de 1 à 500 indiquant la situation primitive du terrain affecté au cimetière des protestants, d'y faire reporter la position exacte des deux concessions qui y avaient été accordées et que le mur aurait traversées et de tracer en rouge, sur ce plan, la position de ce mur élevé par les soins de la Commission administrative du patronage à qui la concession du terrain a été faite.

Je déciderai ensuite de la suite qu'il y a lieu de donner à la demande du Consistoire.

Recevez, Monsieur le Maire, l'assurance de ma considération la plus distinguée.

Pour le Préfet :
Le Secrétaire-Général délégué,
Signé,

Pièce Justificative N° 20.

Tourcoing, le 1er octobre 1879.

Monsieur Dervaux,

Afin qu'il n'y ait pas de malentendu et que rien ne contredise mes précédentes déclarations, je dois vous donner connaissance que j'ai reçu de M. Debuchy, faisant les fonctions de Maire, deux invitations pour conférer au sujet du cimetière protestant.

Voici la conversation que j'ai eue avec ces Messieurs qui se trouvaient à cette entrevue.

Ce sont MM. Debuchy, Dervaux-Wetzel et Desurmont.

Ils m'ont d'abord demandé si je connaissais les personnes qui se sont occupées de la cession du cimetière protestant au patronage.

J'ai répondu que je connaissais M. l'abbé Vaast, vicaire, et M. Roussel-Defontaine, maire de cette ville, pour s'être occupés de l'affaire en question.

M. Desurmont me dit alors que M. Vaast étant de la partie intéressée nous ne pouvions pas le consulter, mais vous qui êtes neutre dans cette affaire, vous pouvez me dire en conscience les choses telles qu'elles se sont passées.

Je lui ai répondu que j'étais très disposé à dire les choses telles que je les connaissais.

Alors M. Debuchy me demanda si la muraille qu'on a établie avait touché aux cercueils des personnes inhumées dans les concessions des protestants.

Ma réponse a été négative attendu que chaque fosse est creusée à une profondeur de 1 m. 60 cent.

Les fondations de cette muraille ont, tout au plus, 60 à 70 centimètres de profondeur.

M. Desurmont me demanda ensuite si M. l'abbé Vaast a eu connaissance que cette muraille allait traverser deux concessions. J'ai répondu que j'avais prévenu M. l'abbé Vaast et je lui dis alors qu'il n'avait pas le droit de toucher à ces concessions, j'ai même défendu aux maçons d'y faire des fouilles.

M. Vaast est venu me dire qu'il s'était entendu avec M. le Maire et qu'il prenait tout à sa charge; alors M. Desurmont me demanda si je voulait bien lui donner par écrit la déclaration que la muraille n'avait pas touché aux cercueils des personnes inhumées dans ces deux concessions; je lui ai répondu que je voulais bien lui donner cet écrit, mais avec les explications le concernant. M. Dervaux-Wetzel me dit alors que les explications étaient tout-à-fait inutiles, que deux lignes suffisaient, afin d'être le plus bref possible.

Signé , DELREUX,
Ex-Directeur du cimetière.

Pièce Justificative N° 21.

Tourcoing, le 14 septembre 1879.

Monsieur le Maire,

J'ai l'honneur de vous confirmer les renseignements que je vous ai donnés relativement à la muraille établie sur l'ancienne partie du cimetière annexée au patronage.

Quoique cette muraille fût construite à travers deux concessions accordées à des familles protestantes, comme l'indique le plan dressé par M. Versmée, directeur des travaux municipaux de cette ville et visé par moi, je certifie que les fondations de cette muraille n'ont pas touché aux cercueils des deux personnes inhumées dans lesdites concessions, les inhumations ayant été faites en deçà de ladite muraille, et le terrain prélevé sur lesdites concessions étant destiné à l'établissement de monuments que les familles auraient pu ériger.

Agréez, Monsieur le Maire, l'expression de ma considération très distinguée.

Signé, DELREUX,
Ex-Directeur du cimetière.

Pièce Justificative Nº 22.

Lille, le 6 février 1880.

Monsieur le Maire,

Par ma lettre du 4 septembre dernier, j'ai eu l'honneur de vous transmettre une délibération du 3 juillet dernier, par laquelle le Consistoire de Lille réclamait mon intervention au sujet d'une violation d'une partie du cimetière protestant.

Je vous ai invité à m'adresser dans le plus court délai divers documents qui me permissent de décider de la suite à donner à cette affaire.

Je n'ai reçu aucune réponse à cette communication faite depuis plus de 5 mois.

Je ne puis m'expliquer un pareil retard.

Je vous prie de m'adresser ces documents sans délai et de me faire connaître par retour du courrier quand vous serez à même de les fournir.

Agréez, Monsieur le Maire, l'assurance de ma considération la plus distinguée.

Le *Préfet du Nord*,
Signé: Paul GAMBON.

Pièce Justificative N° 23.

Tourcoing, le 23 février 1880.

Monsieur le Pasteur,

L'un des membres de l'administration municipale a eu l'honneur d'avoir, avec vous, il y a quelques jours, une conversation au sujet d'accusations d'après lesquelles la municipalité aurait laissé violer le respect dû aux sépultures dans l'ancien cimetière protestant.

Des explications courtoises qui ont été échangées dans cette entrevue, il résulte que l'irritation qu'on a, par tous les moyens, cherché à susciter sur cette question n'a aucunement sa raison d'être.

Les faits qu'on incrimine remontent à onze années, mais en pareille matière, l'offense, si offense il y a, aurait résidé bien plus dans les intentions que dans les faits eux-mêmes. Pour que l'administration eût pu encourir quelque reproche, il eût fallu qu'il y eût eu, de sa part, mépris ou méconnaissance des égards auxquels vos coréligionnaires ont droit au même titre que les catholiques.

Or, il suffit de lire les divers rapports qui ont été présentés au Conseil municipal lors du déplacement du cimetière de votre culte, pour être convaincu qu'on voulait sauvegarder tous les droits, et observer le même respect vis-à-vis des sépultures de tous.

On a parlé de tombes profanées... de cadavres coupés en deux... Tout cela était de pure imagination.

Il vous paraîtra du reste étrange que ces accusations, qui seraient graves si elles étaient fondées, aient mis onze années à se produire et n'aient été mises au jour que par des personnes étrangères à votre culte, et alors que les principaux intéressés ont toujours gardé et gardent encore le silence le plus complet.

Quel a donc été le mobile de cette agitation factice que l'on a cherché à produire autour de cette question?

Vous connaissez tous les détails de cette affaire, nous n'y reviendrons pas dans cette lettre. Qu'il nous suffise de rappeler que le promoteur de ce mouvement, dans une lettre du 22 juin 1879, publiée dans le N° du 26 juin 1879 de la *Gazette de Tourcoing*, y fait l'aveu suivant :

« J'ai voulu faire sentir au public qu'il était nécessaire d'agiter continuel-
» lement cette question du cimetière, afin d'arriver à délivrer notre quartier
» d'une triste servitude qui nous menace dans notre santé et nos propriétés.»

Nous rendons un hommage trop sincère au caractère éminent et à la hauteur de vues des membres de votre Consistoire pour supposer, un seul instant, qu'ils pourraient prêter leur concours à une semblable manœuvre, et nous ne doutons pas qu'ils partagent notre pensée qu'on devrait s'interdire d'agiter des questions aussi délicates, lorsqu'on n'a pour objectif que des convenances de quartier et des intérêts particuliers.

Il y a un terrain sur lequel les hommes de cœur de tous les temps et de tous les pays se sont toujours entendus, c'est celui du respect dû aux cendres des morts, à quelque religion qu'ils aient appartenu.

Soyez bien persuadé, M. le Pasteur, que nous avons ce respect et jamais il n'est entré dans la pensée d'aucun membre de l'administration ni du conseil municipal de froisser le sentiment religieux de vos coreligionnaires et d'enfreindre les droits de l'Église réformée de France.

Dans votre lettre du 13 juin 1868, vous avez manifesté à M. Roussel-Defontaine, alors maire de Tourcoing, le désir que le cimetière protestant fût entièrement distinct et séparé du cimetière des suicidés.

L'Administration s'est empressée de répondre à votre désir et le nouveau cimetière protestant ne laisse rien à désirer. Il est sur le pied d'une égalité parfaite avec le cimetière catholique, tant pour les convenances que pour la propreté et la bonne tenue. Le nouveau fossoyeur que la ville vient de nommer, en remplacement de l'ancien titulaire qui avait motivé des plaintes, a reçu des ordres pour veiller à ce qu'il en soit toujours ainsi.

Nous avons le ferme espoir, Monsieur le Pasteur, que ces loyales explicacations ont complètement apaisé les susceptibilités qu'à tort, et pour les motifs que vous savez, on a voulu susciter contre nous. Il ne nous reste plus qu'à vous remercier de votre bienveillance à vouloir les transmettre aux membres de votre Consistoire et à vous exprimer le vœu de recevoir une prochaine communication, de votre part, relativement à cette question.

Nous vous présentons, Monsieur le Pasteur, l'hommage de notre considération la plus distinguée.

Le Maire de Tourcoing,

Pièce Justificative Nº 24.

Lille , le 1er mai 1880.

Monsieur le Maire,

A la date du 4 septembre 1879 , j'ai eu l'honneur de vous faire part d'une réclamation de M. le Président et des membres de la Consistoriale de Lille exposant qu'en 1868 , l'administration municipale de la ville de Tourcoing, méconnaissant les prescriptions du titre II du décret du 23 prairial, an XII, sur les sépultures , avait pris les deux tiers du terrain du cimetière protestant pour les mettre à la disposition d'un établissement de patronage catholique.

Sans tenir compte des délais exigés par le décret précité, le Directeur du patronage catholique se mit immédiatement à l'œuvre pour enfermer par une muraille, dans la cour de son établissement , le terrain qui lui était concédé , traversant ainsi deux concessions, l'une de 10 ans , l'autre de 30 ans, qui avaient été acquises par des familles protestantes.

M. le Maire, en réponse à une plainte de M. le Pasteur protestant, s'exprimait ainsi dans une lettre du 22 juin 1868 , adressée à ce dernier :

« Les prescriptions réglementaires seront scrupuleusement observées. L'ad-
» ministration connaît parfaitement la législation sur le point en question, et
» elle a pris des dispositions pour changer une situation créée par des cir-
» constances indépendantes de son action. Qu'on avait dû construire le mur
» du patronage sur une partie du cimetière qui n'avait jamais servi à aucune
» inhumation ; que des ordres étaient donnés pour que tout le terrain de
» l'ancien cimetière fût réservé. »

La lettre de M. le Maire concluait ainsi :

« Comme vous le voyez, Monsieur le Pasteur, vos susceptibilités, que j'ap-
» précie parfaitement, ont trouvé pleine et entière satisfaction avant même
» de se produire et je suis heureux de vous en donner l'assurance. »

La discussion ouverte à ce sujet dans la session de mai 1879 du Conseil municipal de Tourcoing a révélé des faits très graves dont l'opinion publique a été saisie par la voie de la presse. Il importe donc que l'enquête que j'ai prescrite au mois de septembre 1879 ait lieu sans délai.

J'ai l'honneur de vous informer que j'ai constitué ainsi qu'il suit la Commission d'enquête qui doit m'adresser un rapport sur la question :

MM. Debuchy, Maire de Tourcoing, Président ;
  Lebrat, Pasteur protestant à Roubaix ;
  Desurmont-Desurmont, Conseiller général du Nord
  Léon Ducrocq, Conseiller d'arrondissement ;
  Leloir, Conseiller municipal de Tourcoing ;
  Dervaux, Conseiller municipal de Tourcoing.

La Commission d'enquête devra se réunir à la mairie de Tourcoing, le mardi 11 courant.

Je vous prie, Monsieur le Maire, de mettre à la disposition de ses membres tous les documents et renseignements dont ils auraient besoin ou qu'ils pourraient vous réclamer pour l'examen de l'affaire qui leur est soumise.

La Commission aura notamment à se rendre compte du nombre d'inhumations effectuées dans le terrain annexé au patronage, de la date des dernières inhumations, des dispositions qui ont été prises pour assurer le respect dû aux morts, lorsque leurs restes ont été rencontrés dans les fouilles effectuées pour la construction du mur de clôture du patronage.

Elle aura ensuite à établir la superficie du terrain cédé à ce patronage et à joindre à son rapport la copie de l'arrêté préfectoral, pris en Conseil de Préfecture, qui a dû autoriser cette cession et en fixer le prix.

Enfin elle aura à me proposer les mesures qui lui paraissent propres à donner satisfaction aux divers intérêts engagés dans la question.

Je vous prie, Monsieur le Maire, de vouloir bien assurer l'exécution des instructions qui précèdent et faire parvenir à MM. les membres de la Commission les lettres ci-jointes.

J'ai l'honneur de vous adresser la délibération du Consistoire de Lille, en date du 3 juillet dernier. Vous voudrez bien mettre ce document ainsi que la présente lettre sous les yeux de la Commission.

Agréez, Monsieur le Maire, l'assurance de ma considération très distinguée.

Le Préfet du Nord,
Signé : Paul CAMBON.

Pièce Justificative Nº 25.

10 mai 1880.

Monsieur le Préfet,

Par une lettre en date du 1er mai courant, vous m'avez fait l'honneur de me désigner comme Président de la Commission d'enquête par vous nommée, au sujet de l'affaire que l'on appelle, avant toute certitude, profanation du cimetière protestant.

Je viens seulement d'arriver à Tourcoing pour deux jours et, après avoir pris connaissance de la lettre précitée et de la délibération du Consistoire, je constate que ces deux documents constituent un acte d'accusation contre l'Administration municipale.

Dans ces conditions, la position qui me serait faite serait celle de juge et de partie. Il me semble donc qu'il est convenable, Monsieur le Préfet, que je me récuse et je viens vous prier de pourvoir à mon remplacement.

En résignant le mandat que vous m'aviez confié, je crois devoir, comme chef de l'Administration, protester vivement contre la composition de la Commission. Les membres qui en font partie ne me semblent pas avoir l'indépendance absolue que réclame l'examen d'une question qu'on veut rendre très grave. Ainsi, M. le Pasteur protestant est si intéressé dans l'affaire que c'est sur son rapport que le Consistoire a réclamé auprès de vous une enquête. Ainsi M. F. Dervaux, l'unique promoteur des réclamations tant de l'année dernière que d'aujourd'hui, a mis dans les accusations portées contre l'Administration une telle instance, une telle passion, même après la décision du Conseil municipal qu'il devait respecter, que sa présence dans la Commission, au sein de laquelle auraient peut-être dû figurer ses contradicteurs, MM. Taffin et Ed. Flipo, et où il serait juge et partie, paraît vraiment très regrettable.

J'ai donc l'honneur de vous prier, dans l'intérêt d'une question qui peut causer une émotion considérable en cette ville, d'examiner s'il n'y aurait point lieu d'apporter des modifications à la composition de la Commission. Nous ne redoutons point la recherche de la vérité, mais nous avons le désir qu'il y ait dans l'enquête toutes les conditions d'impartialité.

Signé, D. DEBUCHY, 1er Adjoint, ffons de Maire.

Pièce Justificative N° 26.

Lille, le 12 mai 1880.

Monsieur le Maire,

En m'adressant votre démission des fonctions de Président de la Commission d'enquête sur les faits de violation du cimetière protestant, imputés à l'Administration municipale de Tourcoing, vous avez cru devoir vous livrer à un examen des documents que je vous adressais et des appréciations peu opportunes sur les personnes.

Il était du devoir de l'Administration, Monsieur le Maire, d'apporter une lumière complète sur les faits signalés, afin de rassurer les populations sur les accusations formulées et qu'un vote du Conseil municipal ne pouvait évidemment détruire.

Le rôle de la Commission d'enquête sera donc de réunir tous les éléments d'information et de me permettre ainsi de statuer sur la suite à donner à l'affaire.

Il ne vous est pas permis de douter, Monsieur le Maire, que cette instruction, comme les mesures que je croirai devoir prendre ultérieurement, ne déterminent la vérité que vous recherchez sur cette regrettable affaire, aussi je compte sur votre concours, sur celui de l'Administration municipale, pour guider les recherches et permettre à l'enquête de produire des conclusions telles que l'impartialité ne puisse pas être suspectée.

Je vous prie de vouloir bien faire remettre à MM. Taffin et Flipo leurs nominations comme membres de la Commission d'enquête qui devra se réunir de nouveau le 18 courant, à la Mairie de Tourcoing, pour nommer son président et son rapporteur.

Agréez, Monsieur le Maire, l'assurance de ma considération la plus distinguée.

Le Préfet du Nord,
Signé, Paul CAMBON.

Pièce Justificative N° 28.

Tourcoing, le 5 juin 1880.

Monsieur le Président,

J'ai l'honneur de répondre ci-après aux questions ou demandes de renseignements contenues dans votre lettre du 3 de ce mois.

Je suis l'ordre de votre questionnaire.

1° L'Administration municipale ne saurait communiquer le plan dressé par M. Versmée, en juin 1879. Ce renseignement, en effet, n'appartient pas au dossier du Conseil municipal. Il a été demandé comme élément d'instruction par l'administration municipale. Il est, en outre, établi sur des renseignements verbaux, obtenus de l'ancien fossoyeur, et ne peut donner les garanties d'exactitude désirables, comme le reconnaît le Directeur des travaux municipaux dans le rapport accompagnant ce document.

2° Il n'y a pas eu de délibération dans le sens propre du mot. A Tourcoing, comme dans beaucoup de communes, il n'est point d'usage de formuler des délibérations pour toutes les affaires. Ce n'est que lorsqu'il y a à recourir à l'approbation Préfectorale qu'il est préparé, dans les bureaux de la Mairie, une délibération dans le sens du rapport et de la décision du Conseil municipal. Aucune réclamation ou observation n'a jamais été faite à ce sujet par la Préfecture.

3° Le plan à l'échelle de 1 à 500 n'a pas dû être envoyé à la Préfecture, des conférences avec M. le Pasteur protestant ayant fait ajourner la confection et la transmission de ce document et, depuis, l'affaire ayant pris une autre tournure.

4° Il n'y a pas eu d'autorisation préfectorale, parce qu'il n'y a pas eu d'aliénation du terrain du cimetière ; mais une simple occupation à titre précaire et révocable à première demande de la municipalité.

5° Le registre des délibérations ne donne que 2 séances en avril 1879, l'une du 4 et l'autre du 18. Dans aucune de ces deux séances, il n'a été question de M. l'abbé Vaast.

6°, 7°, 8° Il n'y a pas eu de bail pour les mêmes raisons que celles indiquées au n° 4 ci-dessus. La ville, n'entendant pas se lier, n'accordait qu'une simple permission pouvant être rapportée à toute époque et sans délai.

9° 10° Il avait été convenu, ainsi que l'indique le rapport de la commission du 2 avril 1868, que les exhumations possibles seraient opérées aux frais du Directeur du patronage. On croit savoir que M. Vaast a proposé les exhumations aux familles intéressées. L'une de ces familles n'a pas été retrouvée; l'autre n'a pas consenti, paraît-il.

11° Le Directeur du patronage a payé, chaque année, non pas le loyer du terrain occupé, mais la redevance constituant la précarité de l'occupation. Les comptes du Receveur municipal, de 1869 à ce jour, constatent la recette qui a été inscrite au budget communal successivement depuis onze ans.

12° Le nombre des procès-verbaux d'exhumation, en 1868, a été de 16, suivant la note ci-annexée de M. le Commissaire central.

L'administration municipale et le commissariat central n'ont été saisis d'aucune autre demande en dehors de celles rapportées dans la note ci-jointe. Si d'autres exhumations ont été faites, elles ont eu lieu sans que l'autorité municipale en ait eu connaissance et, dès lors, l'ancien fossoyeur concierge est coupable. Il aurait dû s'y opposer absolument et renvoyer à se pourvoir auprès de qui de droit. L'article 40 du règlement du cimetière du 11 juin 1858 lui traçait la conduite à tenir à ce sujet.

13° La concession trentenaire pour la dame Bottomley date du 20 décembre 1867; elle a coûté 180 francs. La concession décennale de l'enfant Bosker a été accordée le 2 mai 1860, elle a coûté 60 francs.

Ci-joint les actes de concession en copie.

Agréez, Monsieur le Président, l'assurance de ma considération très distinguée.

Le Maire de Tourcoing,
Signé, V. DERVAUX, Adjoint.

Pièce Justificative N° 29.

Lille, le 6 juin 1879.

M. Delreux, ancien directeur du cimetière à Tourcoing,

Je vous prie de vouloir bien répondre de la façon la plus précise aux questions suivantes.

DEMANDES.	RÉPONSES.
1° Lorsque M. Vaast a pris possession en 1868 du terrain affecté aux inhumations des enfants sans baptême, des protestants et des suicidés, a-t-il seulement conservé, dans l'état primitif, le terrain affecté aux protestants?	Oui.
2° A-t-il livré immédiatement aux jeux des enfants le terrain des suicidés et des enfants sans baptême?	Oui, ce terrain a été livré immédiatement aux jeux des enfants, aussitôt que la muraille a été finie; il y avait une porte, je pouvais entrer facilement et j'avais un petit jardin à entretenir sur la tombe de l'enfant Sibson. Je voyais donc facilement ce qui se passait. Cette tombe a été entretenue pendant un an et j'ai pu constater qu'on avait établi des jeux sur les tombes des enfants sans baptême et des suicidés.

3° Les terrains des suicidés et des enfants sans baptême étaient-ils entourés de haies qui les séparaient de la cour du patronage de façon à empêcher les enfants d'y pénétrer.

Non.

4° La muraille a-t-elle coupé en deux parties le terrain affecté aux enfants sans baptême.

Oui.

5° A-t-on dû, pour établir la muraille, toucher ou déplacer un certain nombre de cercueils d'enfants ?

Oui, certainement.

— Combien approximativement ?

Six ou sept.

6° Dans la partie qui reste au cimetière, combien peut-il se trouver de cercueils d'enfants ?

Les enfants ont été enterrés sur six rangées ; le terrain restant ayant deux mètres, j'estime qu'il peut y avoir dans cette partie vingt enfants.

7° A-t-on déplanté une partie de la haie qui entourait les suicidés ?

On a déplanté à peu près la moitié de la haie qui a servi à entourer le carré des protestants.

Ce terrain n'était-il pas borné d'un côté par un fossé ?

Oui, il y avait un fossé.

Cette partie a-t-elle été employée immédiatement ?

Oui, immédiatement.

8° Le berceau du tir à l'arc sur le terrain des enfants a-t-il été fait en même temps que la muraille ? à quelle époque ?

Ce berceau a été établi peu de temps après la muraille sur le terrain des enfants.

9° Sur les deux concessions y avait-il une croix ou une inscription ?

Il y avait des inscriptions qui ont été déplacées pour bâtir la muraille ; elles ont dû être reportées de l'autre côté de la muraille. Sur la tombe de l'enfant Bosker, il y avait une bordure de buis qu'on a dû déplacer pour les fondations ainsi que le saule pleureur.

10° N'avez-vous vu personne qui ait réclamé au sujet de la concession ?

Je n'ai pas souvenir.

11° Pour établir la distance de la haie à la muraille, doit-on prendre, pour point de départ, la haie ou le centre des deux arbres placés à la porte d'entrée ?

On doit prendre le centre des deux arbres.

Signé : F. Dervaux.

Voici, M. Dervaux, les renseignements le plus exactement possible que vous me demandez.

Tourcoing, le 6 juin 1879.

Signé, Delreux.

———————

Pièce Justificative N° 30.

Tourcoing , le 10 juin 1880.

Monsieur François Dervaux ,

Lorsque j'ai certifié que le chemin devant les deux concessions avait un mètre cinquante , j'avais la certitude que cette mesure était exacte à quelques centimètres près ; depuis la fouille faite samedi dernier, en présence de la Commission d'enquête, ma conviction s'est affermie et je certifie que le chemin ne pouvait avoir moins de un mètre quarante. Cette différence peut provenir de la façon dont la bordure avait été coupée ; mais régulièrement il devait avoir un mètre cinquante, comme je l'ai indiqué dans le plan dressé par M. Versmée, vers le mois d'août dernier.

J'ai l'honneur de vous saluer sincèrement

Signé , DELREUX.

Pièce Justificative Nᵒ 31.

VILLE DE TOURCOING.

Relevé des exhumations effectuées en 1868.

DATES	NOM DU DEMANDEUR	NOM DE LA PERSONNE EXHUMÉE
2 Mars 1868..	Lahousse	César Destombes, décédé le 28 novembre 1867
Id. ..	Vienne-Bleuez........	Vienne J.-B., décédé le 11 septembre 1860.
Id. ..	Lorthiois, Floris	Mˡˡᵉ Lorthiois , décédée en décembre 1867.
3 mars 1868..	Malfait-Desrumaux ...	Delvigne , Catherine , épouse Auguste Desrumaux , décédée le 23 juillet 1867.
25 — ..	Vouloir-Leignel	Barbieux Alexandrine , épouse Pierre-Joseph Dolocour, décédée le 22 juin 1867 ....
5 mai 1868 ..	Destrebecq	Flipo, Amand, décédé en 1867..............
9 juin — ..	Frahan	Frahan, Alexis, décédé en mai 1868........
6 juillet — ..	Desreux	Leclercq, Jeanne, décédée le 24 octobre 1866.
30 — — ..	Dubois, Auguste.....	Cornette , Juliette , décédée le 28 juin 1868.
20 août — ..	Rasson-Hercelle......	Victoire Duterte, veuve Hercelle.
27 — — ..	Destrebecq..........	Jean-François Motte-Duvillier, décédé le 12 mars 1868.
28 — — ..	Elise Debisschop	Jean-Philippe Facon , décédé le 16 juin 1860.
28 — — ..	Elise Debisschop	Louis-Fᶜᵒⁱˢ Debisschop, décédé le 25 nov. 1859.
7 octobre— ..	Desurmont-Desurmont	Dame Desurmont, décédée le 24 sept. 1867.
27 — — ..	Louis Christory......	Angélique Bureau , femme Parent.
29 — — ..	Mˡˡᵉ Vandebeuque....	Dame Angélique-Augustine-Josèphe Duterte, veuve Vandebeuque, décédée le 3 juin 1862.

Vu et certifié conforme aux arrêtés d'exhumation délivrés en 1868.

A Tourcoing, le 5 juin 1880.

Le Commissaire central,

Signé : REMBAUVILLE.

Pièce Justificative Nº 32.

24 mars 1879.

Monsieur Dervaux,

Répondant à votre démarche, j'ai l'honneur de vous informer qu'il n'existe dans les archives *aucune* pièce établissant que des exhumations aient été faites dans la partie du cimetière cédée à titre précaire, ni en **1868**, ni après.

Mon prédécesseur n'a jamais assisté à aucune exhumation de l'espèce en question.

A la Mairie, il n'existe pas non plus d'arrêté spécial à l'endroit desdites exhumations.

Veuillez, etc.

Signé, REMBAUVILLE,
Commissaire central.

Pièce Justificative N° 33.

———

Bradfort, le 26 octobre 1879.

Cher Monsieur,

Je ne saurais vous exprimer ma reconnaissance pour l'information contenue dans votre lettre du 7 courant qui a été égarée pour quelque temps. Veuillez, je vous prie, remercier de ma part les Messieurs qui ont bien voulu vous communiquer cette information.

Je vous prie de me faire savoir tout ce que vous pourrez sur l'affaire, et aussi me renseigner sur les démarches nécessaires à faire contre ceux qui croyaient faire ce qu'ils voulaient parce que j'étais éloigné. Je suis content que quelqu'un a pensé à moi et à ma chère femme.

Je vous prie, Monsieur, de répondre de suite à cette lettre et ce que je puis faire sera fait immédiatement.

J'ai tous les papiers concernant la tombe si on en a besoin.

Signé, Henry COKEROFT.

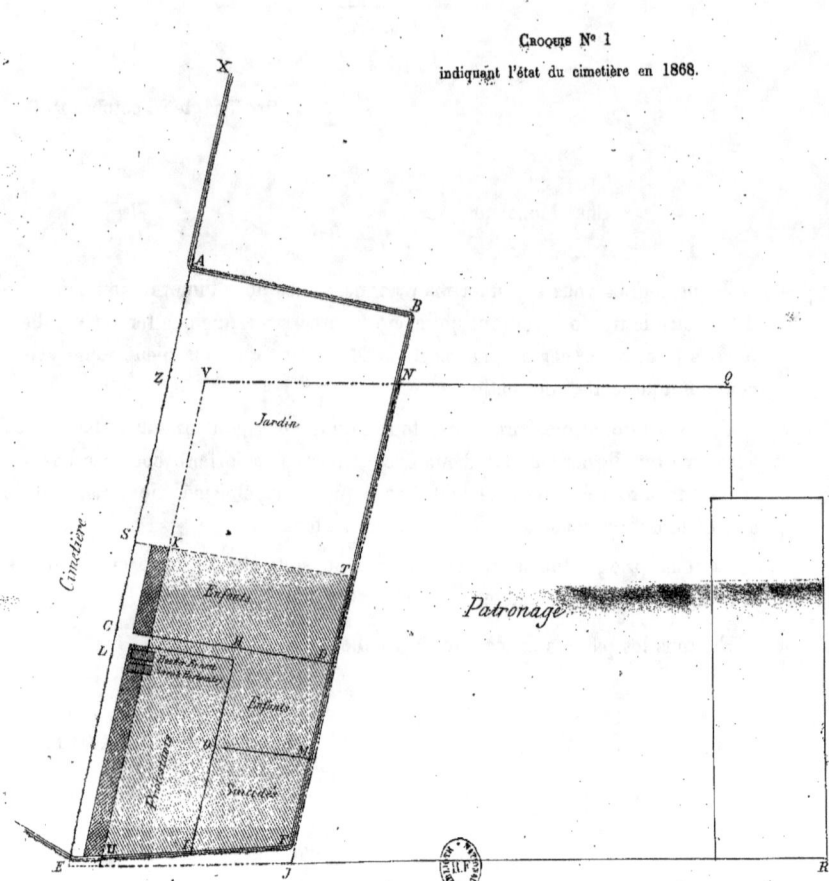

CROQUIS Nº 1

indiquant l'état du cimetière en 1868.

NOTA. — La partie VUJN, limitée par un trait ———— est celle cédée au patronage.

La partie KUFT, teintée avec des hâchures, était consacrée à des sépultures.

La partie teintée avec des hâchures croisées était aussi consacrée à des sépultures mais n'a pas été cédée au patronage.

Détails pour les concessions traversées par la muraille.

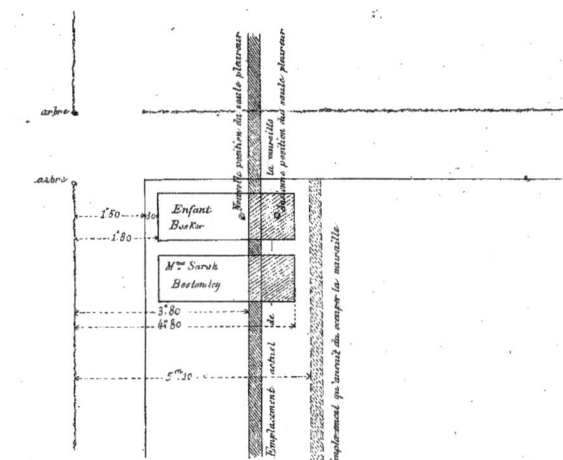

Croquis N° 3.

Détails relatifs aux concessions.

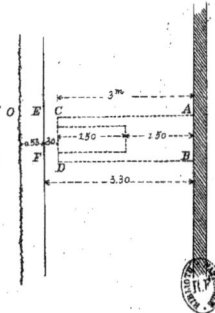

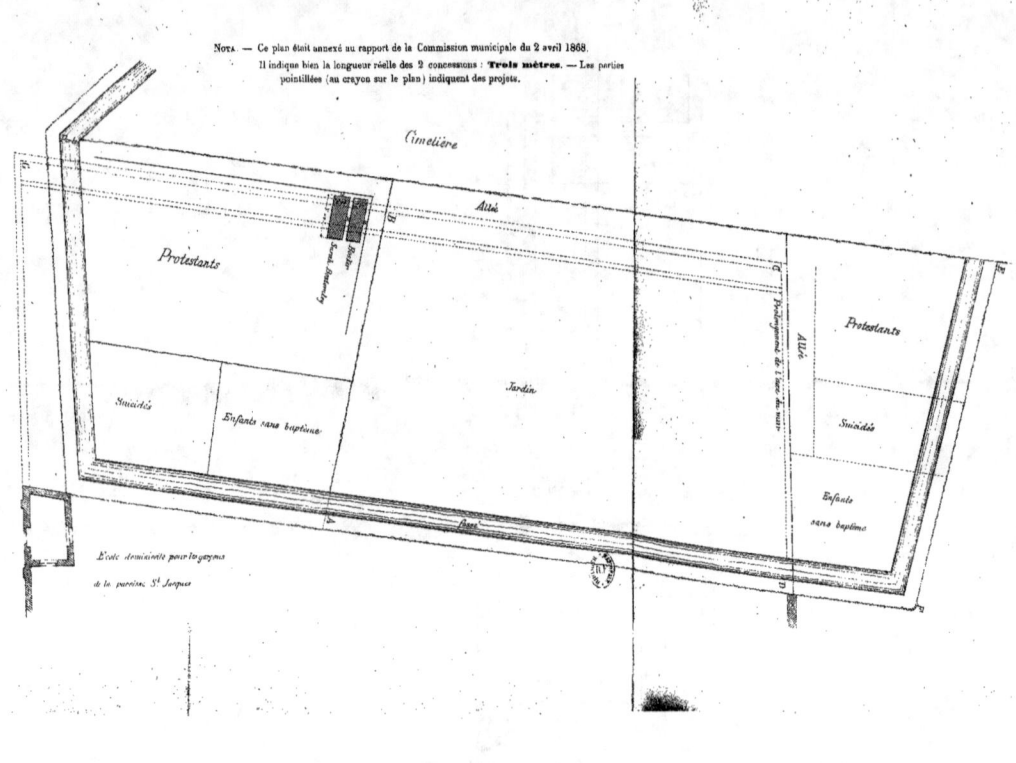

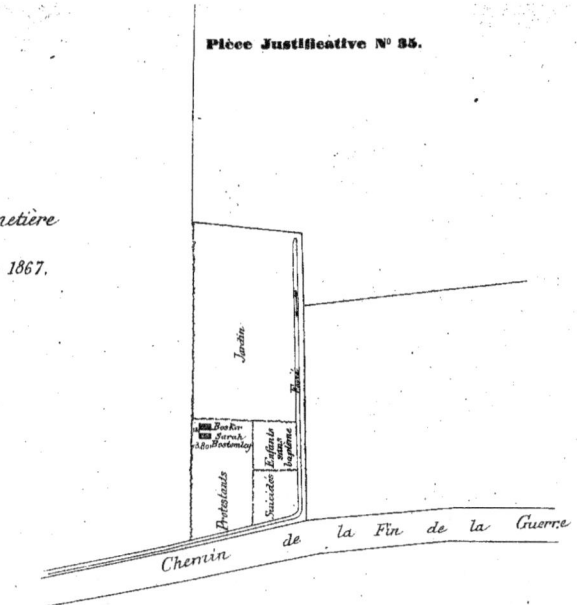

Cimetière

en 1867.

Echelle de 0,ᵐ001 pour 1 mètre

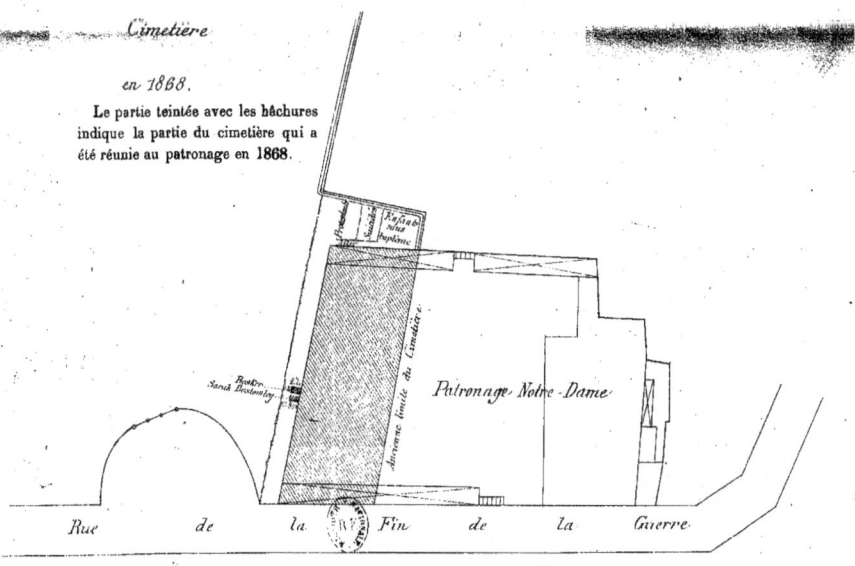

Cimetière

en 1868.

Le partie teintée avec les hâchures
indique la partie du cimetière qui a
été réunie au patronage en 1868.

C'est dans ce plan inexact établi par l'Administration de Tourcoing qu'on a indiqué les concessions comme ayant **2** mètres, au lieu de **3** mètres qu'elles ont réellement, de manière à faire croire qu'elles se trouvaient en dehors de la partie cédée. — On n'a pas non plus indiqué dans cette partie la place où se trouvaient les protestants, suicidés et enfants, de sorte que ce plan semble indiquer que la *partie cédée au patronage ne contenait* **aucune sépulture.**

TABLE DES MATIÈRES.

www.ingramcontent.com/pod-product-compliance
Lightning Source LLC
Chambersburg PA
CBHW070744280626
47162CB00017B/2348